9787515355238
U0841087

Xiron Poetry Club
磨铁读诗会

Night of Hualien

花莲之夜

沈浩波 著

Shen Haobo

中国青年出版社

目 录

第一辑 花莲之夜

第二辑　白雪棋盘

第三辑　我们那儿的生死问题

第四辑　自我出生以来

第五辑　我想看见光

第六辑　星空之问

第七辑 理想国

第八辑 灵魂之光

特辑　哀歌响起的旅程和一首回忆的诗

哀歌响起的旅程

另一首回忆的诗

第一辑　花莲之夜

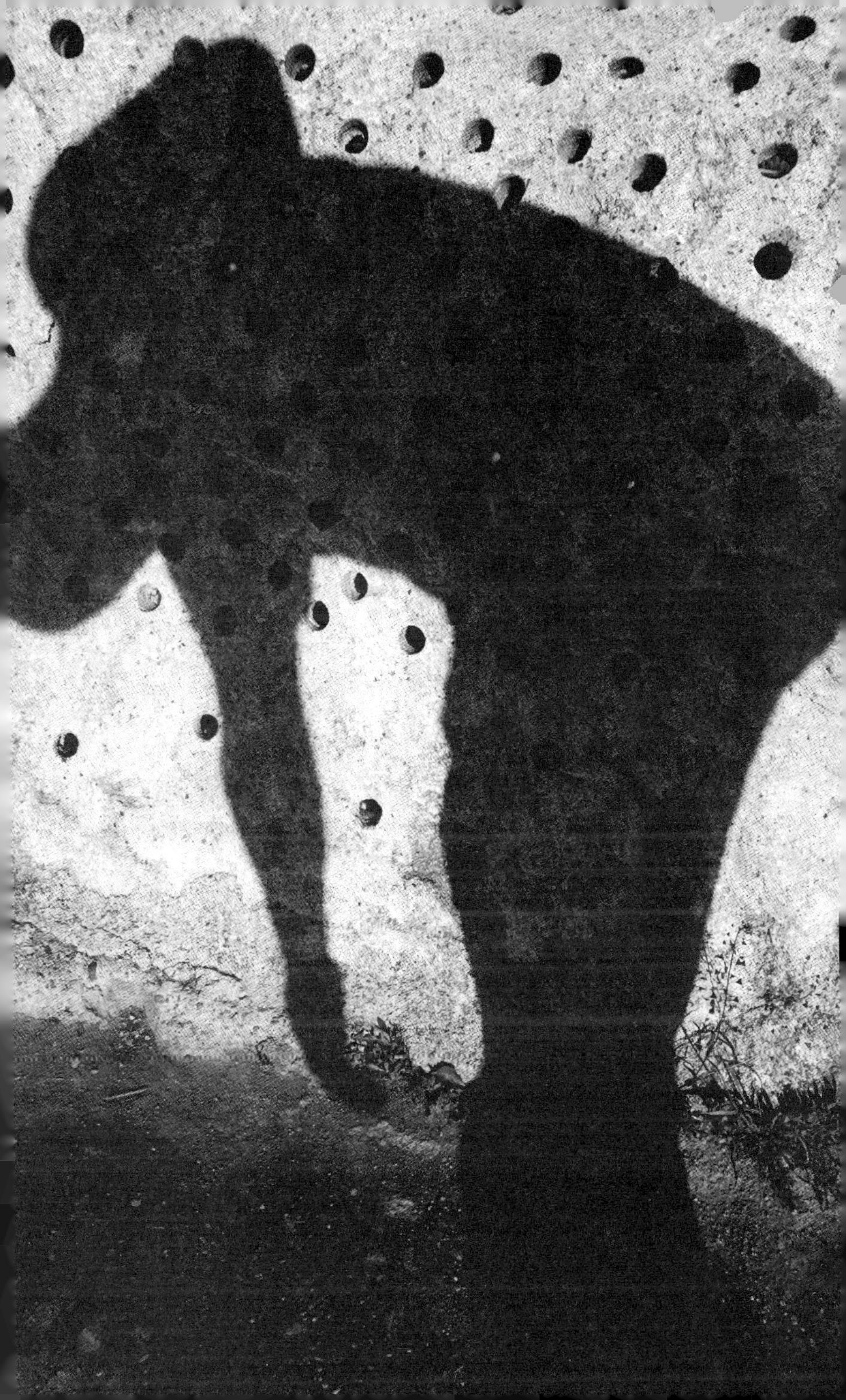

花莲之夜

寂静的
海风吹拂的夜晚
宽阔
无人的马路
一只蜗牛
缓慢地爬行
一辆摩托车开来
在它的呼啸中
仍能听到
嘎嘣
一声

2015.06.13

消失的诗

就在刚才
我看到了一首诗
一首好诗
但它的作者并不知道它是一首好诗
甚至不知道它是一首诗
他是个平庸的诗人
现在不知道
以后也不会知道
自己曾经写过这么一首诗
一首比他一生所有其他诗都好的诗
这只是他在微信朋友圈里
说的一段话
并不是一首诗
但我看到了一首诗
一个字都不用改
分一下行就是一首诗
但他对此懵然无知
我并不打算告诉他
我觉得他不配拥有这首诗

2017.02.12

在雍和宫

在金色巨人般高耸入殿顶的佛祖像前
一个肥硕的
穿白汗衫挂大金链子的壮汉
啪一声
把自己砸在大殿坚硬的地砖上
看得我心惊肉跳
再站起来
再啪一声
……
二百来斤的肥肉
啪啪啪往地上砸
每一下都是
标准的藏传佛教磕长头的姿势
我原本还想磕头祈祷的兴致
一下子就没了
再怎么虔诚
也干不过这家伙像面粉袋子一样把自己往地上啪啪砸呀

2017.10.14

绝望

深夜，他在朋友圈里
发表了一首绝望的诗
我们纷纷在下面点赞
赞美他把绝望写得深刻
他整夜守在手机屏幕前
看我们赞美他的绝望

2016.09.20

国际诗歌朗诵会

从不同国家来的那些诗人
在灯光下的舞台上坐成一排
——像一串
蚱蜢
他们挨个上去朗诵诗歌
——像被提审的
犯人
我听不懂他们在念什么
听声音就觉得
这是一群温顺得像……
像某种宠物狗
的诗人
我坐在
他们中间
我和他们的区别在于
——嗓门儿
更大
没想到台上真的来了几个犯人
主办方为了体现人文关怀以及
显示诗歌对心灵的救赎
真的喊来了几个犯人

从监狱里来的
警察押着
他们也要上来
和我们这帮诗人一起
朗诵
诗
他们自己
写的诗
那么来吧
罪犯们
尤其是中间那个
充满蓝领气息
胳臂上有结实的肌肉
有点儿摇滚范儿
也有股子
狠劲儿
但表情却
小姑娘般
腼腆
希望他念的
不是催人泪下的
监狱抒情诗

轮到他了

他在念
他自己写的诗：

“我在坐牢
比这更伤心的是
我的爱人也在坐牢
……”

2017.10.02

哥斯达黎加的爱情

在克波斯一条浑浊的
通往大海的河流上
罗克从船上的水桶里
拿出一条小鳄鱼
让妻子伊索拉把手伸出来
罗克手把手教她
如何用双手握住这条鳄鱼
他们认识彼此之前
离婚的伊索拉有三个孩子
离婚的罗克有两个孩子
罗克的儿子爱上了伊索拉的女儿
在两个孩子的婚礼上
来自克波斯的罗克
爱上了住在圣何塞的伊索拉
伊索拉跟着罗克来到克波斯
他们有几条小船
带着游客在红树林里游览
雨下得很大
河里的鳄鱼和树林里的猴子都没出来
美丽的伊索拉
给我们讲她和罗克的故事

2017.10.04

云泥之别

某作家在微博上说
作为诗人的沈浩波
和作为商人的沈浩波
大为不同
他欣赏作为诗人的沈浩波
不喜欢作为商人的沈浩波
我觉得他说了一句正确的废话
诗人和商人能是一种东西吗？
他们本来就有云泥之别
我把心灵中所有的高贵
都献给了作为云的那个诗人
其他的当然就是大地上的一抔泥
请不必关心一抔泥的香臭
那漫天的云彩
每天都从这抔泥里升起

2016.12.15

橘僧

街头闪过一团鲜艳的橘红
一个僧人拐进一条巷子
在清迈街头，这是常见的景象
有点像火焰但更像橘子
那么佛教对于泰国人来说
是更像火焰呢？
还是更像既好看又好吃的橘子？
——我觉得更像橘子

2017.11.19

我被塑造得俗不可耐

《南方航空》杂志上
有人写了一篇关于当代诗人的文章
其中一小段提到了我

“为了不被饿死
沈浩波穿上西装
也做了书商
赚钱养活自己
然后写诗”

但我不穿西装
“然后”这个词
用得俗透了

“有钱了
沈浩波换了一家又一家咖啡馆
会着客
泡着妞
写着诗”

这一段写得讨厌

诗人

有钱

泡妞

真恶心

2017.04.15

并列伟大

安琪在谭克修的一段发言下留言说：
沈浩波是她心目中
中国最伟大的三个诗人之一
哎呀妈呀
惊得我虎躯一颤
从来没想到
安琪竟对我有这么高的评价
我是不是该说点什么
感谢一下呢？
只见谭克修问：
另外两个是谁？
安琪说出了名字
其中一个我比较熟悉
诗差
人蠢
在我心目中
就是个文盲
现在，我和他并列为最伟大的诗人

2018.10.16

开往浦东机场的地铁

所有人都低着头
玩手机
不会是我出现幻觉了吧
何处传来悠扬的笛声
一男一女
从另一节车厢
缓缓走来
吹笛的男人是个瞎子
女人是个白化病
女人搀扶着男人
两边是低着头的乘客
他们缓缓向我走来
像从电影里走来
踩着一地落叶
从林荫道深处走来

2017.12.18

站在家门前

深夜回家
爬上六楼
站在自家
防盗门前
突然一愣：
这是我家吗？
这门怎么
有点儿陌生？

这当然是我家
但我一下子
心虚起来
如果老婆知道
我刚才这番
心理活动
可就麻烦了

耳边
顿时响起
老婆的骂声
“你认不出自己家是吧？

你还是这家的人吗？

你还把这儿当家吗？

你把这儿当旅馆了吧？

你是个客人吧？

你就来睡个觉就行了吧？

这家对你有什么意义啊？

你什么时候把这家当家啦？

……”

2017. 12. 24

我们谈起一些老朋友

有男有女
我们谈起
他们年轻时候的叛逆、潇洒和卓尔不群
——那不过是
平庸腐朽的漫长人生的前奏

2018.12

我的心

我给梁余晶
发去了三十多首诗
他将把这些诗
翻译成英语
然后我给莫沫
发去了十几首诗
她将把这些诗
翻译成西班牙语
我既想发给他们
其实又有点儿不想
他们已经翻译了我的很多诗
翻译成英语的
发表在美国和英国的杂志上
翻译成西班牙语的
在哥斯达黎加变成了一本薄薄的诗集
我很想为这些成就感到兴奋
但又好像
不太兴奋
有几首诗真的值得留在
人类在时间之海中飘曳的
那艘小船的甲板上呢？

信心满满翻检诗作

沮丧袭来令我脆弱

一次次对自己感到不满

并且我总能找到

不满的根源——

一切都来源于

心

我从我的诗中

看到了我的心

我对它

不太满意

2018.03.11

先锋与诗

诗的目的不是为了先锋
先锋的目的一定是为了诗
但如果你见到这样的诗人
他写诗的目的就是为了先锋
而他先锋的目的正是为了诗
那你就该知道
他可能是这个世界上
最好的诗人
如果两个目的全部达成
那他当然就是这个世界上
最好的诗人

2018.03.30

祭日狂欢

每到一个著名诗人或作家的祭日
那个已经死掉的家伙就会兴奋得像
出版了一本新书一样
从坟墓里跳出来
挥舞双手宣传自己
倾听哗哗如春雨的掌声
过瘾极了
过不了几天
疲劳地重新沉入死亡
这是不是有点儿可笑？
我问自己
如果几十年后轮到我的祭日
而我竟享受不了这个待遇
会不会心有不甘
在坟墓里气得磨牙？

2018.04.12

词语里的鬼

在一篇文章中
我严肃地写道
当大师这件事情
越晚越好
不要太早瓜熟蒂落
要始终保持
某种不成熟
保持住那些不可知的
生长性和可能性
这当然是一句很酷的话
是先进的文学世界观
只有火眼金睛的人
才会发现其中
暗藏的鬼祟
我用了“越晚越好”这个词
而没有坚决说出：
不当大师

2018.04.12

挥拳如雨

写诗就是
跟生命打比赛
这可不是
一个人苦练十年
一拳打倒对手的事情
你得会比赛
你得天天跟它比
你得有赛感
赛感即诗感
击倒对手不是诗
比赛本身才是诗
苦吟派们不懂这个道理
因此在生命这个对手面前
孱弱得像小鸡

2018.04.13

春山

我张嘴叫出了满山杏花的名字

——白素贞

2018.04.01

经过一个广告牌，想起一男一女

我见过这位如日中天的女演员
还没有如日中天的时候
在一个乌烟瘴气的酒桌上
一个劲儿往一位如日中天的男编剧怀里扎
被男编剧嫌弃地推开
我也见证了当时如日中天的男编剧
后来在娱乐圈一败涂地
被他推开的女演员
成了这个时代个性独立女性之代表
正用挑逗和不羁的眼神
在漂亮的广告牌上睥睨世界
以上事实
构不成诗
名利场中的沉浮
离诗最远

2018.04.03

盘龙江边坐满了老人

早晨的盘龙江边
坐满了老人
有的在剥橘子吃
有的在发呆
有的在捶自己的腿
有一个老妇人
在哭
哭得很伤心
两个年轻女孩
一左一右
陪伴着她
左边那个
轻轻拍着老人的背
我走近的时候
听到她正在开导老人
“别跟儿孙怄气
你自己活得好好的
就是最大的福气”
这两个女孩
穿着一模一样的衣服
衣服上有公司的名字
是一家卖老年人保健品的公司

2018.10.20

嘹亮的蛋糕

每周三四次
凌晨时分
楼下女人的叫床声
准时响起
在黑暗中上升
钻进我家
萦绕在我一个人住的房间
一开始
令我心烦
习惯了
竟也能静静地听
像听音乐
感受着
楼下的甜蜜
仿佛他们把甜蜜
从夜色中
端了上来
像端来
一份蛋糕

2018. 04. 18

关于爱

带父母和儿女
去海边度假
孩子们在海水里扑腾
爸妈百无聊赖
我对他们说
你们也下水吧
他们异口同声拒绝
我妈还补了一句
“没什么意思”
我突然想起
他们没有泳衣和泳裤
他们这一辈子
都没有泳衣和泳裤
我当然可以跑回酒店
给他们各买一件
拉他们下水
游此生第一次海泳
如果他们叫我去买
我会立刻屁颠屁颠跑去
但他们没有叫我去买
于是我也就没有去买

这能说明什么呢？
我想了想
唯一的答案是——
爱得不够

2018.04.06

那个女孩对我说

那个女孩对我说
她不相信任何人
会真的爱她
她说得不对
因为爱来源于孤独
如果我们都很孤独
如果我们都害怕孤独
就有可能彼此相爱
直到永远

2018.05.11

在拉美

左派是一种艺术
右派缺乏想象力
但当艺术拿起枪
浪漫就变为残忍

2018.05.10

来自西班牙的上帝

“上帝啊，请你给我们力量
让我们去屠杀那些
送给我们食物和微笑的印加人
从那些该死的异教徒手里
抢走黄金和白银
奸淫他们的妻女
拆毁他们的神庙
让印加大地布满您慈爱的光辉吧”

上帝微笑着答应了弗朗西斯科·皮萨罗的祷告
兴致勃勃地和这群西班牙人一起
杀死了那些印加人
抢光了他们的黄金和白银
奸淫了他们的妻女
拆毁了他们的神庙
十字架像剑一样竖立在印加大地上

2018.05.09

绝望火车站

利马的老火车站名叫“绝望”
愤怒的里马特河流过它身旁
所有人都在告诫我
不要到里马特河对岸去
那里住着小偷和强盗
绝望火车站的工作人员严肃地对我说：
“永远都不要去。”
我站在绝望火车站望向不能去的对岸
黄色的房子在阳光下像奶酪一样
人在绝望的时候
看到任何彩色的东西都会感到温暖
我今天其实有点绝望
有一种被锥子戳进心脏的疼痛
这绝望来自某种希望的破灭
那希望对于我
像一缕光线一样
今天早晨它消失了

2018.05.10

上帝是个男人

我对在天主教大学教书的
女权主义诗人维多利亚说
如果教皇宣称女人在婚前最好是处女
我就觉得他至少不配成为女人的教皇
如果上帝依然禁止女人堕胎
那他一定不是女人的上帝

2018.05.11

十字架是一把剑

库斯科大教堂
接近穹顶的最高处
弗朗西斯科·皮萨罗
征服这片土地时
带来的巨大十字架
像一把高悬的剑
这是我第一次意识到
十字架像一把剑

2018.05.10

这个国家很文艺

昨天吃饭的餐厅
名字叫“唱歌的蛙”
今天吃饭的餐厅
名字叫“那里的女巫”
老火车站名字叫“绝望”
绝望火车站现在被改成了
利马的“文学之家”
里面有一家略萨图书馆
还有很多诗歌
写满了墙壁
莫沫在略萨图书馆
找到了三本她爸爸写的小说
她高兴得像个孩子
这里女人长得好看
男人也很帅
我们在库斯科遇到了一个
有印第安血统的
街头音乐家
黑色的长发
宽阔的嘴巴
他要了莫沫的电话

发现莫沫是个诗人
马上就发来甜言蜜语：
我看见你的嘴唇上
写满了诗歌

2018.05.11

爱国的贝宁诗人

他是在念诗吗？
怎么像中国农村葬礼上穿黑衣服的老妪
拖长声音表演哭丧

“我的祖国啊
为什么我的祖国要受到这样的伤害啊
为什么森林会着火啊
为什么墓地会填满死人啊
我的贝宁啊
我可怜的贝宁啊”

这个贝宁诗人
住在法国
穿西装戴礼帽
哭哭啼啼地写诗

2017.05.01

丝袜美人

穿短裙的智利女诗人
身材高挑性感
在我和莫沫之前朗诵
坐在一张沙发上
优雅地跷着腿
不紧不慢地读诗
读了一首又一首
每首都很长
捏着话筒不肯下来
我心中暗想
这女人可真是个麦霸
不过她穿着丝袜的长腿
还挺好看
这时莫沫在我耳边愤怒地说：
她就是为了秀丝袜
她就是为了秀丝袜

2018.05.03

诗歌就是身体

利马的“文学之家”二楼诗歌展厅
迎面的白墙上写着一行西班牙语
莫沫念了出来——“诗歌就是身体”
我闻之内心一震——是我心灵的回音
从这面墙壁反弹向我，击中我

2018.11.2

请李白先生反思一下

越来越讨厌
一首古诗
甚至感到恶心
昨天晚上
北京某高校的
诗歌朗诵会上
一群小学生
被拉来表演古诗朗诵
拖长声调
假装古人
朗诵的又是这一首
怎么总是它？
各种大大小小的
文化活动
甚至是一些
私人聚会上
总有人摇头晃脑
声嘶力竭
朗诵这首《将进酒》
令我捏着鼻子
一次又一次

忍受其臭
一开始我以为
是朗诵者的恶俗
令它变得
恶臭熏天
转念一想
为什么总是它？
为什么它这么招苍蝇？
李白先生
是不是也该
反思一下？

2018.05.19

论十九世纪的重要性

为什么中国古人的诗
自唐朝之后
就不行了
一直走下坡路
足足走了
一千多年
而不自知
而不知耻
因为这帮古代人以为
世界是不变的
他们不懂得
进化论
他们没有机会进入
达尔文的
十九世纪

2018.05.19

悲悯

他并不知道自己的世界观
已经庸俗到配不上诗歌
他每天都在用已经配不上诗歌的
庸俗世界观写诗
这个曾经先锋过的诗人
在他现在的诗里
得意洋洋地展示
时间和生活
是怎么慢慢
磨损掉一个人
以及会把一个人
磨损到
怎样可怜的地步

2018.05.10

借钱记

做建筑包工头的小学同学
打来电话向我借钱周转
数目不菲的一笔钱
理智告诉我不能借
前几年回老家时听说
他好赌，欠了很多赌债
但我最终还是借给他了
他在电话里一直喊我
小时候的乳名——小波

2018.09.27

你这平静的……

你平静、温柔
胆怯、不愿意与世界
发生任何冲突
你是一汪小小的湖泊

但对我来说
你就是风暴
你就是源泉
你这小小的
平静的
浅浅的
透明的
闪着光的湖泊

总有人会驾驶小船
在你的湖泊里摇曳
而我却被命令
离你远点儿

对你而言
我也是危险的风暴

我滚远点
你才安全
你这小小的
平静的
浅浅的
透明的
闪着光的湖泊

2018.09.14

红墙深处

顺着孔庙红墙
往里走
左拐进国学胡同
绕到孔庙后面
一个红漆门的院子
十几年前
里面是个茶馆
我经常来
尤其是冬天
顶着寒风
踩着满地积雪
走进去喝一杯
滚烫的红茶
有时赶上傍晚
老板和老板娘正在炖羊肉
喊我坐下来一起吃
我问他们俩的名字
胖乎乎的老板娘
说话嘎嘣儿脆：
“他叫牙签儿
我叫牙签盒儿”

2018.09.02

只有一个诗人

朋友搞一个诗歌派对
邀请我参加
派对在一个酒吧举行
里面挤满红男绿女
几乎没什么诗人
都是北京的一些文艺青年
和文艺中老年
我觉得有些茫然
举目四顾
终于看到一个诗人
一个我不喜欢的诗人
孤独和对同类的亲近驱使我
向他靠近
我看到他也在向我靠拢
我们举着酒杯站到一起
彼此会心一笑
短暂问候了几句
他突然直切主题
“浩波，我现在在画画
平常也有一些朋友买我的画
你什么时候有空

到我的画室来看看

你这么有钱

说不定可以买几幅”

2018.08.28

上面有人

两年没见
今又重逢
以前的他
性情柔弱
不善言辞
从不与人争执
脸上挂着
温和的笑容
这次见面
言辞陡然铿锵
说话都像演讲
咄咄逼人
指责我没读过神学
我并不愤怒于
他对我的指责
只是好奇于
变化如此之大
信仰了上帝
竟能改变性格吗
随即恍然大悟：
如今他
上面有人

2018.05.28

第二辑　白雪棋盘

白雪棋盘

再一次
回到冰凉的北京
从飞机上往下看
北京
铺着一层薄薄的雪
像一块
白色的棋盘
谁来和我对弈？
——没有人
我和一轮
血红的夕阳
在棋盘上对望

2015. 11. 26

布拉格在阳光下

坦克轧过我的胸膛
擂鼓一般
半个世界都在轰鸣
轧过青石的街道
轧过教堂的尖顶
轧过十字架
轧过十字架上呜咽的云

轧过面包房
轧过热气腾腾的膨胀的梦想
轧过青春
轧过树
轧过查理大桥上形影萧瑟的人
轧过他的风衣
轧过他的爱情
轧过他头顶呜咽的云

轧过四轮马车上
套着白手套
梦想成为公主的姑娘
轧过铜像

轧过咖啡馆里读哲学的猫
轧过猫眼里挥之不去的忧郁
轧过忧郁的呜咽的低垂的云
轧过云的眼泪
轧过雨

轧过少女平静而坚定的面孔
轧过死者
轧过如圆石般长眠于此的灵魂
轧过蔷薇
轧过管风琴不舍昼夜的呜咽
轧过忧郁的
低垂的云

布拉格的街角
迎面走来的孩子
手里拿着一个巧克力做的坦克
在阳光下
滴着甜浆
令我失神了片刻

2012.04.07

世界，你好

我想对世界说
世界，你好
我想对世界说句话
打个招呼
这四个字包含了
我与世界之间的一切
可以饱含深情
也可以十分冷静
世界，你好
一切尽在不言中
微妙之中见真情
我来到这个世界
已经三十七年
我们之间
有着太多
难以言说的东西
我最终决定
用欢快的语气
跟世界打一个
响亮的招呼
世界，你好

世界哇一声哭了
我手足无措
看着他噘起的嘴巴
这才知道
这个世界
是个婴儿

2012.10.30

从北二环黄昏的车流中

抬起头看见硕大的月亮

宇宙中的

一块白石

此刻在我

头颅前方

2012.11.28

老黄和丁美凤

那年夏天
老黄喝得酩酊大醉
脸红得像灯笼
在下午刺眼的白光中从西往东走
满头白发的丁美凤
穿着一件烂棉袄
在白光中从东往西走
像一部默片电影
他们走进同一片光幕
一个是酒鬼、赌徒和中学数学老师
另一个是小镇著名的疯子
擦肩而过时
老黄一把搂住丁美凤
拉向旁边的学校会议室
丁美凤没有反抗
我们冲了过去
扒着窗子往里看
四十多岁的老黄
搂着六十多岁的丁美凤
头靠头坐着
老黄一直在说话

丁美凤就那么听着
虽然目光空洞
但是表情柔和

2012.11.24

旅程

我和父亲
走在寂静的路上
走在深夜
黝黑的额头

我们上了一辆
末班公交车
车厢里有一种
属于我和父亲的空旷

父亲喝了二两酒
脸上有一层云霞
灯光下仿佛害羞
他紧紧握住扶手

我知道他在
努力克制醉意
用严肃的表情证明
二两酒没什么

他用坚定的步伐
迈出下车的那一步
克服了脚下的软
重新走入夜色

用速度克服已经
开始晃动的身体
我从后面看他
瘦小而踉跄

穿过红绿灯时
有车从远方开来
我感受到他的紧张
像渡过惊涛骇浪

当他肩头滑向左侧
右脚就站得更稳
当他身体前倾
脚后跟立刻停顿

2013.05.07

红格子毛衣

我坐在客厅里
丈母娘从卧室出来
身上穿着一件
红格子毛衣
奇特的感觉
袭击了我
自从丈母娘来到我家
就不让妻子
扔掉穿旧的衣服
并且一件一件
穿到她自己身上
旧的时光
旧的情欲
再次出现在我眼前
我和妻子一起
慢慢流淌的生活
让这些衣服变旧
也变得更温暖
旧衣服里
传来妻子的笑声
传来拥抱和摩挲时

的温存软语

红格子毛衣

温暖并密布着情欲

此刻

穿在丈母娘

衰老的身体上

2012.10.21

初夏

城市长满青草
跳跃的乳房
像奔跑的狼群
这是危险的时刻
生命中紧张的季节
我的嘴唇
长出刺刀
我必须找到
那只美丽、颤抖
咆哮的头狼

2013.05.11

一位喜欢演讲的中国作家

有一次，在欧洲
他对着台下那些亮晶晶的蓝眼睛，动情地开场：
“昨天晚上
我梦见了上帝
上帝对我说……”
信仰上帝的欧洲人爆发出雷鸣般的掌声

有一次，在国内
他对着台下乱蓬蓬的黑头发，动情地开场：
“昨天晚上
俺梦见了俺娘
俺娘对我说……”
台下的中国人眼前浮现出无数含辛茹苦的娘

2013. 05. 11

粗暴

他们从
针眼般的心
窥视我的灵魂
看到了
我灵魂上长着的
一根根
粗壮的汗毛
以为是
即将掷出的长矛
吓得
嗷一声尖叫
谴责我的粗暴

2013.08.23

苹果挂在苹果树上

一个苹果
和另一个苹果之间
保持着
彼此独立的距离
苹果把自己
深藏在
毫无瑕疵的圆中
阳光透过树梢
在内心成熟的苹果上
形成斑点
苹果坐在苹果之中
一个苹果坐在
一群苹果之中
苹果挂在苹果树上
柿子挂在柿子树上
石榴挂在石榴树上
柿子孤独得耀眼
腐烂的石榴咬着天空
苹果渐渐
变得透明
满树都是
神的心脏

2012.11.30

月圆之夜

一个孤儿
站在天上

一个孤儿顶着硕大的脑袋
钉在无边无际淡蓝色墨水的天上

像耶稣
但脸上没有悲痛

像一幅画
它和万物的距离

是画中的天空
与喘息的人世的距离

一个孤儿
站在天上

大脑袋的
明亮的孤儿

看着我们

看着海水、灯光、我、畜栏、矢车菊

它向下看着一切

它并不想看，但睁着眼就能看到

2013.06.01

我在你和神之间

人活着有多难？我知道。
人在自己的心里活着有多难，我也知道。
你们每个人，在世间安身立命，其中的难
我隐隐约约，仿佛知道。但我正忙着解决自己的问题。
有时解决了一些，更大的艰难随即又出现。
这过程激发了我的斗志，甚至有些享受。

但我忽略了你，我以为我给了你温暖，
我们衣食无忧，有一个看起来美满的家庭，
甚至好像，我还给了你一些爱情。
但我并没有真的理解，你在你的内心中有多难。
我无能为力，又或者是，我并未为此而努力
我甚至看不起你的挣扎。

你就像漂浮在不知会流向何处的水中。
我是你身边的一根圆木。供你休息时攀援，
并没有提供温度和方向。我有我的方向
在大河中，我有执着的流向。但并不是你的。
我忘记了，你也需要方向。在你的内心中
也有不知去往何处、不知如何让自己安宁的迷茫。

你越来越迷茫。我们接受的是无神论的教育。

从来没有信仰过神灵，我忽略了你，我忘记了
你的内心也需要更强大的可以指引你的力量。
我忽略了你的迷茫，因此就不知道，你的痛苦有多深。
当一个有内心的人，在这个世界上找不到存在感
你后来告诉我：很多年来，你就像一具行尸走肉。

你开始接触那些神神叨叨的东西，比如各种
有关灵修的知识。上各种各样的课程。
买回一些心灵导师、玄学大师的书籍。
寻找能够帮助你的真理，怀抱飞蛾扑火的热情。
我隐隐有些担心，但我的修养告诉我，不应该阻止。
我尊重你的选择，却把自己置身旁观者的位置。

前些日子，你专程去印度金奈，在一个灵修学校
待了整整一个月。学校的创办者是一对夫妻，
他们声称自己是世间的神。夫妻俩都是神。
我非常思念你，包含着纠结和恐惧。我希望你变得快乐。
但又担心极了。你性格固执，决定的事我无法改变
但是你为何非要从这样的神那里获得力量？

其实我见过神，可能你也见过，当我牵着你的手，
漫步在林荫道，神就坐在我手心的汗滴里。
如果那时你也是爱我的，你就应该见过神。
神在我们孩子漆黑的眼眸中，天使不一定
非要长着六翼的翅膀，在你面前苍蝇般乱飞。

清晨第一缕阳光照进房间，照在天使透明的脸上。

平静的生活有幸福的光辉。十年前，我每天呼呼地
喝着你给我煮的排骨汤，你坐在身边，神一样微笑。
神有时在死者身上，显得格外严肃和安静。
我曾经为你去世的父亲更换寿服，他是一尊手脚冰凉的神。
因对你的生活感到放心，离开人世时格外平静。
你把他的遗照带回家，挂在墙上，神就在我们家住下了。

和你一样，我也相信神的存在。他有时居住在乌鸦的左眼，
有时停留在槐树叶变黄的瞬间。那年夏天我们在路南县，
看彝族人的火把节舞蹈，满大街都是神。
神调皮极了，刚才还落在跳舞的人小腿上，
转眼又换到了黝黑的手掌，时而又落在女人丰满的臀部。
神在一盏灯光中，在一袭旧衣上，在奔波时疲倦的眉眼间。

我不知道为什么要写这首诗给你——这不能改变你的决定。
从印度回来，你确实变得快乐，像被人下了药似的。
但是你说：即使是被人下了药，能变得快乐你也愿意。
我顿时哑口无言。你接着告诉我，你以前活得像行尸走肉。
我有些自责，又觉得愤怒，我觉得你这话伤害了什么——
可能就是和你在一起时，我看到的那许许多多的神吧。

2012.12.13

冬天的海拉尔河

那年冬天，我们四个人：我、老王
胸大得快撑破滑雪衫的胖姑娘（我忘了她的名字）
瘦瘦的不爱说话的尖下巴姑娘（我也忘了她的名字）
结伴走在海拉尔河厚厚的冰面上
我们试图奔跑，一边跑一边大笑
我和老王仿佛回到了少年时光
四个人走在青灰色的天空下
就像八十年代的青春电影里经常演的那样
胖姑娘和瘦姑娘是海拉尔宾馆的妓女
我们没有消费她们的身体，但一定
消费了别的一些什么

2014.09.21

但我很晚才理解

我知道父亲不是英雄
七岁的时候就知道
漆黑的夜晚
父亲骑自行车带我回家
一对年轻人领着一条大狼狗
在马路上散步
狼狗突然扑向坐在后座的我
幸亏父亲紧蹬了几脚
父亲很生气
停下车质问那一男一女
但那小伙子非常蛮横
父亲嗓门很大
小伙子嗓门更大
父亲的嗓门就渐渐小了下来
小伙子很强壮
父亲哼哼冷笑
不停地说
“我认识你爸爸，
我认识你爸爸。”
羞耻感在那一刻
像电流一样击中我

一个男人怎么能在自己的儿子面前
表现得这么懦弱
这是我七岁的事情
一直记到今天
懦弱的父亲
在那个漆黑的夜晚
因为对儿子的爱
愤怒地冲向一条大狼狗和一个壮小伙儿
这才是事情的本质
但我很晚才理解

2014.10.02

新年

暮色中，我们踩着在冬季
仍然不肯枯黄的麦苗
去看望已经在坟墓里
生活了很多年的爷爷和奶奶
坟上有碑，碑上有全家人的名字
上面是大字，刻着死者的名讳
哦，奶奶没有名字
她的代号是沈袁氏
下面是密密麻麻的小字，刻着子孙的名字
这一堆名字，紧密、团结
像一根玉米棒上
紧紧咬合的玉米粒儿
代表着坚定的血缘
打不走，拆不散
刻在墓碑上的名字
还能站在一起很多年
风很大，纸钱老是点不着
女儿趴在坟前磕头，说，太爷爷太奶奶
请你们保佑我快快乐乐，天天有糖吃

2015.01.03

谢谢她为我们歌唱

那个唱歌的女孩去世了，喜欢她的人
叹息她红颜薄命的人，都在悼念她
吃饭的时候，妻子问我，她唱得好听吗?
我和妻子，都不是很爱听流行音乐的人
但我知道很多人喜欢她的歌
妻子蹬蹬蹬跑上二楼，打开电脑和音箱
那女孩的声音在我家响起，清亮的嗓音
像喷泉绽放。妻子在楼上喊："听得清楚吗？"
我忍不住笑了，当然听得清楚，声音这么大
确实唱得好听，而且很动感情
是那种想把每一首歌都唱进人心里去的歌手
不是我特别喜欢的那种，也算不得唱歌的天才
但有一副好嗓子，唱得用心、卖力，像我认识的那些
在生活中努力着，想让自己变得更好的女孩
妻子站在楼梯上，扶着栏杆，探出头对我喊
"我觉得她唱得特别好，你觉得呢？"
我知道妻子会喜欢这女孩的歌声，大声回答
"我也觉得唱得好，声音真好听。"
妻子微笑着，从楼梯上歪着脖子看向我
我突然想感谢她，此刻仍在为我们歌唱

2015. 01. 17

在云南

在云南，每一棵树上都长满了乳房
每一粒水果中，都装着一口嗡嗡响的蜂箱
谁啜饮她们的汁液，阳光就洒在谁身上
少女在芒果树下哭泣，爱情是一头
屁股沉重的大象。昨天她还坐在
摩托车的后座上，男朋友染着红发
像一把扫射的冲锋枪，从山顶呼啸到河谷
孔雀是蓝色的魔鬼，比公鸡冷酷，富于心计
雄孔雀美得像女人，公鸡长得像村长
月光清亮，像夜的黑钢琴上，跳起一枚白键
有人从天空的椰壳中，向下倾倒椰汁
黎明，栽秧的妇人在弹奏梯田

2015.02.24

木匠

裸露着
上身的木匠
正在奋力用刨子
刨一段木头
一朵朵刨花
像浪花般涌起
轻柔，卷曲
散发着木头的清香
他在木头上游泳
伸出双臂
又收回

2015. 08. 05

有些东西在灵魂的黑暗处发生

有些感觉白天还不明显
但当她在深夜熟睡
紧闭着眼睛时
看起来竟是悲伤的
熟睡时的悲伤
恐怕就是真正的悲伤了
我能够进入她白天的生活
却进入不了她悲伤的睡眠
我眼睁睁地目睹着她的悲伤
但我不知道她为什么悲伤
有些东西在灵魂的黑暗处发生
而我被阻挡在光亮里

2015.08.02

我感到疼痛

雨中，我看不清世界的脸
我看不清楚一棵树
因此想亲近它绿色的灵魂
如果它有灵魂的话
没有灵魂的，恰恰是那些人
下雨的时候你才能看清
明媚阳光下的脸虚假得
像陈列在世界的蜡像馆中
我看着雨中那些树状的事物
和那些人状的事物
一切都变得含混、犹疑
无数根电线切割着雨滴
有一些东西专门收割灵魂

2015.09.04

桌上有个西红柿

妻开车，我坐副驾驶
去英语培训班
接儿子
时间还早
我们把车停在路边
不约而同
掏出手机
各自刷屏
看微信
车里无声
车外的世界
向黄昏滑去
我偶尔抬头
看到脸盆大的太阳
红里带黄
神情呆滞
挂在灰色的天上
就像我家餐桌上的
那个西红柿
好几天了
它就放在那里

我们谁都没想起

去吃掉它

2014.01.04

光芒万丈

我的前方
一扇紧锁的
沉重的门
我等待着
门被打开
从白天等到晚上
又从晚上
等到白天
门紧紧锁着
我身边
一片漆黑
突然有一点光
从门缝中
射了进来
打在我脸上
我兴奋地
站了起来
门发出吱呀吱呀
的响声
它就要被推开了
它将被谁推开？

谁会站在

我的面前？

门咣的一下

被推开

我的前方

光芒万丈

但是没有人

——是光芒自己

伸出了它的

黄金手掌

2015.09.19

告别

我们去看望
肝癌晚期
不久于人世的表哥
喝了两杯茶
聊着聊着
无话可说
起身告别
表哥站在路口
长久地
向我们挥手
汽车向前行驶
越开越远
我们在离开
他仍然
站在原处
挥手
仿佛要离开的是我们
而不是他
仿佛是他
在给我们送行
而他也

确实是在

给我们送行啊

2015.08.10

如果时间有光芒

那里曾经有一架梯子
就在那里，在一片
奇特的光芒中

父亲背着你
一节节向上攀登
梯子的尽头
是另一个世界

那是一架灰色的梯子
你的父亲
背着越来越重的你
向上攀登

那是一架看不见的梯子
父亲将你
轻轻放在梯子的尽头
他和梯子一起消失

那是一架灰色的梯子
如果时间有光芒
我们就会看见它

2016.06.13

我们一起向厕所走去

我和厕所之间
缓慢行走着
一位拄拐的老人
我走得飞快
皮鞋踩得地砖哒哒响
他走得缓慢
我越来越接近他
仿佛今天的我
在追赶
明天的我
即将赶上的一瞬
我停了下来
跟着他
缓慢
挪移的脚步
今天的我
没忍心
越过明天的我

2015.04.21

傍晚的台城

我和诗人马铃薯兄弟
登上玄武湖边的古城墙
第一次登上这段城墙
并不知道会通向哪里
踩着青砖间的茵茵绿草
漫无目的往幽深处走
遇到三个蹲在城墙上
从墙缝间挖野菜的尼姑
夕阳的金光照在她们
身穿灰色僧衣的背上
不远处是青翠的紫金山
才知道我们已经走到了明朝

2017.05.22

红色小汽车

我看见满城吊车
我看见一座座桥
身上挂满灯
我看见棒棒拎着扁担
女孩们从台阶上走下
洁白的腿越走越细
长江和嘉陵江
静静地
等待夏天的洪水
我坐在会议主办方的大巴车上
看重庆
没有看见江边的野草
乡间的渡船
镇子上卖土制白酒的小店
你家楼下的豌杂面馆
开往贵州方向的崇山峻岭
和满山梨花
以前，在这个城市
有一辆我可以坐在副驾驶上的
红色小汽车

2017.06.01

阳光下的那拉提

我带着一副
装满并快要渗出
新鲜空气的肺
向山上走去
像一个醉汉
拎着湿答答的
马奶酒囊

2017.06.23

四十不惑

我一直在静静等待
四十岁的到来
想验证一下
圣人所说的四十不惑是否准确
事实上在四十之前
我也没有太大的困惑
有什么活不明白的吗？
有什么想不明白的吗？
但我仍在等待
像在等待一个标志
时光之舟将从这里
载我驶向人生通达
无困惑的盛年
四十岁终于
在一夜之间来临
岁月毫不犹豫
为我张灯结彩
我全身上下
挂满了迷茫的彩灯
站在人生的路口
瞠目结舌

手足无措

璀璨极了

2017.08.31

怀抱一只椰子

现在我在南方，怀抱一只绿色的椰子。
青翠的椰子啊，竟然让我想起你。
你也有如同椰肉般洁白细腻的肌肤。
你的体内也贮藏着清亮甘甜的汁液。
当我伸出双手走近你，你立刻就变成棕色，
硬邦邦的椰子壳，面无表情地阻止我。
现在我在南方，怀抱一只绿色的椰子，
我可以对她犯罪，拔出刀来打开她。

2018.09.14

谁不希望有这样的爱情呢

那时我俩站在人来人往的路上
那时你叉着腿站在我对面
你居然用手指去抠鼻屎
然后我也不自觉地去抠鼻屎
我们在人来人往的路上面对面抠鼻屎
然后我们俩发现了我们的举动
一起笑得前仰后翻

谁不希望有这样的爱情呢？
谁不羡慕这样的爱情呢？
我回忆我们曾经的爱情
泪水像胶水粘住了眼帘

2018.09.14

翻译了一下杜甫在秦州写给侄子的信

“亲爱的侄子
你还好吗？
昨天你连夜回家
山路好不好走？
那么多子侄里面
我就看你亲切
有一种
阮籍看到阮咸的感觉
阮咸是一个
多好的人啊！
我这个当叔叔的
确实有点懒
做人也随便了点儿
你千万别介意
你家种的黄粱熟了吧！
像我这种年纪大的人
常常会想起
黄粱粥从汤匙上
滑进嘴里的
那种感觉
听说霜后的小蒜最好

能不能

给几根？”

2017.02.27

杜甫出秦州

左边有狼
右边有虎
前面有熊
后面有鬼
群山莽苍
山路如肠
天寒地冻
衣不蔽体
路上结冰
老马骨折
饥肠辘辘
寸步难行
太苦了
还能更苦些吗
如果不是
老婆孩子
还在身边
这个失败的
老男人
恐怕会
被惊惧

迷茫
吓得痛哭一场吧
我喜欢杜甫
因为他如实地
把这一切
写在诗里

2017.02.12

我把这些事理解成时代给我的侮辱

1

在我母校任教的
一个爱搞诗歌活动的
所谓评论家
给我打来电话
说要在北京大学
搞诗歌春晚
还差十万块钱
希望我能赞助
这倒没什么
有什么的是
他在话里话外
暗示我
如果掏了这笔钱
就可以参加诗歌春晚
并登台朗诵

2

北岛发起的
香港诗歌节
搞了个基金会
托人邀请我

当这个基金会的理事
我暗自冷笑
明知故问：
“当理事需要尽什么义务呢？”
哦，原来他们缺一些
周转资金

3
我为某相熟的诗人
写了一篇评论
我写的评论
当然是这个时代最好的
该诗人非常高兴
给我留言说
“你评论写得这么好
还当什么诗人啊！”
这句话他在不同场合
说了三次

4
如果你不能理解
我所感受到的侮辱
可以试试
把我换成李白杜甫

2018. 10. 23

好人的逻辑

正因为他是好人
所以才俗不可耐
不，不是这样
正确的逻辑是
正因为俗不可耐
所以他才是个好人

2016.08.31

诗三百

柏拉图在理想国里想驱逐的是什么
孔夫子在编选《诗经》时删掉的就是什么
当我突然意识到这一点
不禁感到毛骨悚然
子不语怪力乱神
那些怪异的、剽悍的、身体的、反抗的、神秘的、瑰丽的
都被他删掉了吧？
如果真是这样
那他就是我的敌人，是刽子手和混蛋

2016.10.16

灵魂之臭

他取出灵魂
如一块黑石
展示于众人
粗糙而结实
众人惊叹
我不以为然
这玩意儿
已经被他
湿乎乎的人生
浸泡出一股
臭烘烘的味道
这种恶臭
我的灵魂也有

2016.09.06

王阳明是个自恋的人

他得多自恋
才会在文章里
反复称自己为阳明子?
连隐居的山洞
都被他命名为
“阳明小洞天”
他当然自恋
不自恋怎么会
从小立志
要当圣贤?

2016.09.09

我妈在微信上劝人多读书

我妈突然
在微信朋友圈里转发了一篇
劝人多读书的文章
还发出了一句呼吁：
“多读点书吧，中国人！”
她退休后来到北京
给我带孩子
不带孩子的时候
就玩手机
自从有了微信
她就天天抱着手机
玩儿微信
我再也没有见过她读书
我觉得
她转发这篇文章
劝大家多读书
跟她曾经是个中学语文老师
关系不大
跟她的儿子
也就是我
做图书出版工作关系很大

2017.01.14

决定性瞬间

我在抽烟
烟盒上
印了一具
恶心的黑肺
我想象那是我的肺
默哀了片刻
感恩之情涌上心头
——对那些
亲吻我
或者被我亲吻的女人
我决定
去洗牙

2017. 01. 31

第三辑　我们那儿的生死问题

我们那儿的生死问题

我们那儿是一片很大的农村
农村里到处生长着庄稼、男人、女人
以及他们家里的畜生

我们那儿有很多女人是自杀而死的
有的喝农药，有的上吊
大部分选择了喝农药
我们那儿管这种死法不叫自杀
就叫“喝农药喝死的”

我有时很佩服这些喝农药的女人
她们是真正视死如归的人
从想死到死
甚至都没有考虑一下
就干脆死掉了

有时候我又很佩服那几个上吊而死的女人
她们是真正考虑清楚了生死问题的人
真的决定好了要去死
这才上吊死了
我们那儿管这种死法也不叫自杀
就叫“上吊吊死的”

2000.02

我们那儿的男女关系

有一次
我的光棍叔叔
把隔壁王有才的老婆
就是那个长着两只肥胖奶子的朱翠花
摁倒在我家门口的泥地上
使劲捏她的大乳房
朱翠花仰面朝天，搔动着手脚
咯吱咯吱笑个不停
我那八十多岁的奶奶倚着门框
看着他俩在地上打闹
她虽然已经老眼昏花
但仍然笑得合不拢嘴

2002.04

词语的变迁

从前我喜欢“少女”这个词
每当我说出这个词
就好像从心中吐出清晨的光亮似的
纯洁无比

后来我更喜欢“姑娘”这个词
我喜欢它里面包藏着的
足以使这个词膨胀酥化起来的
那种迷人热量

现在，我又开始喜欢“妇人”这个词
刚刚在纸上写下这个词
就闻到它所散发出的
诱人乳香

我呀，我现在特别想
把我那已经从少女变成姑娘的女友
再一鼓作气变成妇人
我们一起完成
这人生审美道路上的三级跳

可是，当我将这美好的愿望向她提起
却遭到了无情的拒绝
这我就想不通了
我亲眼看着她高高兴兴地
从一个少女变成了姑娘
怎么如今到了人生路上最关键的时刻
她倒反而失去了追求进步的精神了呢

2000.03.07

她叫左慧

她叫左慧
左右的“左”
智慧的“慧”
我们有时叫她“左”
声音洪亮清脆
仿佛回到“文革”时期
仿佛她是
穿着绿军装的
美丽姑娘
或者有时叫她“慧”
声音一样洪亮清脆
仿佛回到八十年代
在理想主义的
温情时刻
这个名字熠熠生辉
我们通常
还是叫她“左慧”
这时声音略微低缓
但依然生动活泼
洋溢着灵气
让人联想到

"秀外慧中"之类
美好的形容词
并且让人
进一步想到
她之所以长着一双
水汪汪的大眼睛
一定是因为
她叫"左慧"的缘故
她之所以会在
繁忙的工作中
还能扑哧扑哧地
不断笑出声来
就像鱼儿
吐出自由自在的水泡
一定也是因为
她叫"左慧"的缘故
那么她在这个
枯燥无聊的打字车间
已经工作了整整五年
难道也是因为
她叫"左慧"的缘故吗
而当她好不容易
脱下车间里的白大褂
换上的却是一套

暗黑色的西装制服
站在工厂门口
活像一只陈旧的黑匣子
在等候认领
这难道也是
因为她叫“左慧”的缘故吗

2000.04

海风吹过

我和伊沙、侯马、
于坚、黎明鹏
还有宋晓贤
傍晚来到
祖国的南海边
吃大排档
一边吃
一边看着眼前
波浪翻滚的海面
一边还
谈论诗歌
大家都觉得
特别牛
可是往往
一阵海风吹过
我们就
不那么牛了

2000

卫慧来了

在藏酷酒吧
我和车前子
正在喝酒
听到有人说
卫慧来了
我赶紧
扭过头去
四处张望
可是找了半天
也没看清
到底哪个
是卫慧
过了一会
我有事先走
到另一桌
跟小崔告别
小崔说
卫慧来了
在她手指的方向
一个女孩
安静地坐着

比起照片
既不丑陋
也不漂亮
她长得就跟
卫慧一样

2000.07.19

1998年，在北师大东门

八六级的师兄范春三喊我
到东门小饭馆喝酒
说是八七级的撒韬来北京了
撒韬个头矮小
昂首晃肩
一脸桀骜
胳膊下夹着个皮包
让他看上去又有点像
黑社会和暴发户的混合体
我们三个喝啤酒
范春三喝着喝着
指着我对撒韬说
浩波正在编一本北师大毕业的诗人合集
《铁狮子坟诗选》
印刷费不够
你是师兄，得掏点钱
撒韬不说话
直接站起来
拉开皮包拉链
刷
刷

刷

刷

刷

……

都是百元大钞

他一张一张数

看得我眼都直了

直到皮包数空

所有钱都给了我

2018.10.23

1999年，在丰台区青塔村

匡国泰是个大光头
张卫也是个大光头
零下十几度
我和两个光头
走在荒凉的北京郊外
刀割般的寒风中
空旷的青塔立交桥下
土路上竟然有个理发摊儿
一个老头儿和他的老婆子
仿佛专门等我的武林高手
匡国泰和张卫
把我摁到那张破椅子上
也要把我弄成光头
理发的老头儿高兴坏了
五花大绑般
给我围上一条紫红围裙
吹嘘自己手艺高超
但动手的却是他老婆
手持锋利刮刀
在我头上忙活
时而像割韭菜

时而像刨土豆

寒风呼啸

头发乱飘

她一不小心

在我头上拉出一道血口子

老头大乐

“哈哈，拉出了一道血口子”

“哈哈，又拉出了一道血口子”

……

2018.10.30

2005年，我住在北新桥

这片胡同东北边
的十字路口
有一个烤串摊儿
夏天的晚上
我们去吃烤串
最好吃的
是鸡脆骨
一小点骨头上
粘着一小点儿肉
烤出了一层油
嚼起来嘎吱嘎吱响
烤串的小伙子是河北人
他说他原来是烧砖的
在老家还有个窑

这片胡同区西南边的
十字路口
也有一个烤串摊儿
烤的鸡脆骨也好吃
烤串的年轻女人说
她老家是河北的

家里原来有个窑

后来砖头不好卖

就和老公一起

来北京卖烤串儿

2018.10.16

甜头

我的奶奶
是普天下
最聪明的奶奶
在她生命的
最后几年
她毫不犹豫
摔了一生中
最漂亮的一跤
并且成功地
摔断了自己
屁股上的
一根骨头
从此我的奶奶
幸福地躺在床上
让我的爸爸
每天送饭送水
还要端屎把尿

我的奶奶
在九十三岁那年
终于证明了
生儿育女的甜头

2000.08.05

静物

瘦肉、肥肉、肥瘦相间的肉
排骨、腔骨，还有一把
切肉的刀
都摆放在油腻的案板上

案板后面
卖肉的少妇坐着
敞着怀
露出雪白的奶子

案板前面
买肉的我，站着
张着嘴，像一个
饕餮之徒

唯一的动静
由她怀中的孩子发出
吧嗒吧嗒
扣人心弦

2000.11.19

心沉下去

“心沉下去”
到底是种
什么感觉
诸君可曾体验

和书上说的
全然不同
不是因为痛苦
也不是
因为失望
当那个
深陷于沙发的老人
将埋在胸前的头
抬起来
露出面孔
我的心
啪的一下
沉了下去

那是一种
心灵枯朽的人

所特有的

日积月累的阴郁

那绝对是

发自内心的阴暗

密布在脸上

2000. 11. 19

给自己的献词

他们都在骂我
在所有
我出没的地方
在所有
有诗歌出现的地方
那些敌人
和曾经的朋友
那些我曾经欣赏
或者一直讨厌的人

一个活在辱骂当中的人
似乎越来越
不可能是一个好人
于是
作为一个流氓
我横行无忌
作为一个恶棍
我朝所有面瓜般
善良的书生
露出狞笑

作为一个阴谋家
我和另一些家伙朋比成奸
吹着口哨
像天生的坏蛋一样
踱过你们原本干净的街头

我告诉他们
我心藏大恶
我把双眼
瞪得像斗鸡一样
我满脸横肉
我还要把我满脸的横肉
像明星照一样
到处刊发

今天上午
一个朋友打电话告诉我
又一个昔日好友
终于开始骂我的时候
我哈哈笑了
说这一切
原本都在意料之中

我的朋友

当她挂上电话时

肯定没有想到

其实一个坏蛋

也有内心荒凉的时候

其实一个坏蛋

内心早已荒凉

2001.01.28

自画像

又圆又秃
是我大好的头颅
泛着青光
中间是锥状的隆起
仿佛不毛的荒原上
拱起一块穷山恶岭
外界所传闻的
我那狰狞的面目
多半是缘于此处
绕过大片的额头
（我老婆说我
额头占地太多
用排版的专业术语
这叫留白太大）
你将会看到
伊沙所说的
斗鸡似的两道眉毛
它使我的脸部
呈现斗鸡的形状
是不是也使我
拥有了一只斗鸡的命运

十年之前
人们说我“尖嘴猴腮”
而现在
却已经是“肥头大耳”了
一只肥硕而多油的鼻头
彻底摧毁了我少年时
拥有一副俊朗容颜的梦想

2001.06.20

是什么让我想起从前

从前我很瘦，幻想自己
会成为一个眉清目秀的人
现在不幻想了
我长成了一个胖子
有一个永远下不去的啤酒肚

从前我以为自己永远不会死
会变成神仙，像孙悟空
现在我知道了
人总是会死的
我甚至比其他人，更害怕死亡

从前我喜欢站在很高的地方
向下张望，往下跳
现在不敢了
生怕折了腿，闪了腰

从前我一看见三十几岁的人
就会紧张，甚至有些自卑
现在不会了
倒是有些更小的孩子
见了我会紧张

从前我居住的地方，一到夜晚
就有很多狗和青蛙的叫声
现在没有了
睡熟了，连蚊子都没有一只

从前我爱读古书，喜欢那些
温柔娴静的姑娘
现在不是了
我爱上了所有
从我身边走过的风骚婆娘

从前我恨那些抽烟的人，恨我父亲
他用烟叶熏黄了自己的牙齿
现在不恨了
在父亲染上烟瘾的年龄
我开始买烟，一天抽半包

从前我以为当一个诗人
就是大人物了，就像李白、徐志摩
现在不想了
我在黑暗中写作，做一个诗人
永远不能名动天下

2001.09.22

你妈贵姓

好吧
就按你的方式
坐而论道
咱们对对偈语

你说：
仇恨乃万恶之源
你心怀仇恨
终缺一颗普世慈悲心
难成正果

我对：
我纵心藏大恶
胸中仍有大爱
你虽慈悲是真
却不知爱为何物

你说的我懂
我说的你懂吗

你说：

万物本来是虚
何必过于用心
我已心中大空
乃是寂灭空灵

我对：
虚则无神
空则无魂
你这无神无魂之人
不过是具腐朽皮囊

你说的我懂
我说的你懂吗

你说：咄，色即是空！
我对：嗨，你妈贵姓？

你说：你真是执迷不悟啊！
我对：真是白瞎了您这个人哪！

2002.02.28

得了肝癌的初中物理老师钱大海

在死前的一个月里
写了无数封信
寄给他能够记起的
所有学生
告诉他们
他即将不久于人世
让他们不要伤心
不要来看望他
他还要求学校
为他举行一个告别仪式
让全校师生都参加
他要在会上
跟大家说几句
校方经过研究
让他在家安心养病
不要胡思乱想

2001.09.10

成都行（节选）

杨黎说：你也写一个《成都行》吧，但要写得比于坚好。

我说：好的。——题记

舒服这个词不能说，只能做

那一年
竖从成都来
带来了诗歌、爱情、荷尔蒙、麻烦
还有一个因为说得太多
令我感到很烦的词——舒服

而今
我到成都去
从早上开始
躺在茶楼里
舒服啊
一群人喝酒
喝完了再喝
酒量变得特别大
舒服啊

鳝鱼的热火锅
黄蜡丁的冷火锅
舌头麻掉半边还想吃
舒服啊

更别说成都还有美女
杨黎知道
吉木狼格知道
马小兵后来也知道了
我离开的时候
是多么的舒服

所有东西都写在脸上

我对吉木狼格说
“诗”这个东西是写在脸上的
你是个天才
还是个庸人
或者曾经是个天才
现在却变成了一个庸人
看看那张脸
就全知道了

直到临走的时候

我才发现

在这个名叫吉木狼格的彝人脸上

也还是可以

挑出一点毛病

当她说成都话时如同银铃在风中

杨涛和杨玲

请我吃最正宗的“谭鱼头”

鱼肉很鲜嫩

杨涛很漂亮

鱼肉不仅仅是鲜嫩

还有一股诱人的辣香

杨涛也不仅仅漂亮

还说着一口好听的成都话

我吃鱼

看杨涛

不喝啤酒

和她们一起

喝可乐

有一个美女，如果她是开酒吧的

如果没有安静
就没有纹身酒吧
如果没有安静
我就不会每天都去纹身酒吧
所以我要说——“安静的‘纹身酒吧’”

安静的“纹身酒吧”
二楼本来是做纹身的
“没有什么生意
后来就不做了”
安静说

安静的“纹身酒吧”
只卖三种最便宜的啤酒
都是当地的
装在很粗糙的绿瓶子里

张小静把安静约到白领馆茶楼
我喜欢她
吉木狼格喜欢她
杨黎也喜欢她
当天晚上
我们就去了“纹身酒吧”

将进酒，无非如此

在诗人二毛开的“川东老家”
就着豆浆喝老白干
端着青花瓷碗
一口下去
果然是好酒
名副其实的烧刀子
火辣辣的
豆浆也镇不住

我和二毛喝了一碗
和石光华喝了一碗
和狼格喝了一碗
和石光华带来的粉子喝了一碗
和杨黎喝了一碗
……
将进酒，杯莫停
杯莫停，成都行

成都有好多粉子

石光华的女儿十七岁了

我没有见过
他在喝酒的时候高兴地说
“我的女儿是一个粉子”

成都有好多粉子啊
安静是一个粉子
杨涛是一个粉子
杨翘楚是一个粉子
张小静是一个粉子
邢文西是一个粉子

石光华家藏着一个十七岁的粉子
何小竹家藏着一个十五岁的粉子
吉木狼格家藏着一个十二岁的粉子
杨黎家藏着一个十岁的粉子
马小兵家藏着一个九个月的粉子
成都有好多粉子

朋友都走光了，只剩下三个兄弟

我记得我在趴下之前
还对刘涛嘟囔了一句
——“你好漂亮”

此前呢

就是很多朋友在喝酒

杨黎坐在我的对面

马小兵坐在我的旁边

偷偷给我看他女儿的照片

石光华是和狼格坐在一起的吧

酒吧是尚仲敏开的吧

他老过来喝酒

何小竹正在上面和一个粉子唱苗族情歌

好难听啊

唱完就尿遁了

然后我们准备离去

在大门口我被一个叫A的人拦腰抱住

大家就进去接着喝

A和B和C坐到我的旁边

A说：虽然你对我有敌意

但我们还是兄弟

你说，我们是不是兄弟

我说：是，是

我们喝酒

B说：虽然你曾经伤害过我

但我们还是兄弟

你说，我们是不是兄弟
我说：是，是
我们喝酒

A又说：C是从重庆来的老板
他是我的兄弟
所以你们也是兄弟
我说：是，是
我们喝酒

然后我就趴下了
等我再次抬起头
所有的朋友都走光了
只剩下三个兄弟

她说我的生活态度有问题

这个叫翘翘的姑娘
有一张翘翘的小脸
成都七日
我有三天
和这个翘翘泡在一起
我们从她的前男友

聊到了堂妹
从她的红色小别克
聊到了不幸的童年

我们从南风茶楼
转战到粤式饭馆阁楼的二层
从府南河上的小石桥
坐到了附近酒吧的紫藤罗秋千上

最后一天
她才告诉我说
在长达四个月的时间里
她都没有让她的前男友
碰她一下

翘翘啊翘翘
你是想告诉我
你是个守身如玉的好姑娘吗

那么
这三天来
我们说了那么多话
走了那么多路
难道仅仅是为了

交个朋友

不大习惯，也可能是因为不够柔软，但又何必柔软？

春树来到成都
有点不大习惯
男诗人们一看到她
就亲热地
又搂又抱

春树偷偷对我说
她有些不大习惯
不习惯就对了
说明你还没有学会
在不太严肃的欢场中
游刃有余
左右逢源

可以露腿，但不露痕迹

在写到最后一个女人之前
请允许我再写一个另外的女人

连续四天
我都见到了她
跟不同的男人在一起

第一次看到她的时候
我以为她是个滥货
贴在“纹身”酒吧的玻璃墙外
对着里面一个老外
右腿抬得老高

第二次看到她的时候
我以为她真的是一个滥货
坐在何小竹的腿上
满脸媚惑之态
倒也风情万种

第三次看到她的时候
她刚刚拒绝了吉木狼格
坐在小马哥的身边
像一个真正的美女
我忍不住跟她
喝了两杯

第四次看到她的时候

还是和小马哥在一起
很亲热的样子

后来才知道
小马哥刚刚动心
就被她拒绝掉了
拒绝得十分委婉
不露痕迹

只要上了青天，蜀道就不难了

蜀道难，难于上青天
只要上了青天，蜀道就不难了

报纸上说：
成都鹅肠紧缺
沈阳空运救急
蜀道不难
蜀道不难

我本来还可以
和你一起去都江堰喝夜啤酒
去峨眉和青城

去乐山和西昌
或者干脆从康巴进藏

天长地久的方式有很多种
但是
我要回北京了

2002.07.29

奶奶的愤怒

“你吃饭的时候
为什么总要把筷子
戳在碗里呢？”

那么老的奶奶
最爱我的奶奶
气极了似的
对我叫了起来

“你不知道
只有家里死了人
才把筷子
戳到碗里的吗”

我家当然没有死人
奶奶的愤怒
只是因为
如果真的会死一个人的话
肯定就是她

2002.08.14

妇科医院

一些女人在排队，拼命喝着矿泉水
等着变成尿。还要憋得足足的，好做B超
其中有一个聪明的，对丈夫说
你去给我买一瓶橙汁吧，甜的东西，容易下尿
有几个，已经憋不住了，两腿并在一起
痛苦地弯下腰，尿液已经快滴到
裤子上了，还得憋，要不然
就前功尽弃了
那些老女人和小女人，城里的女人和
乡下的女人，脸色蜡黄
和脸色鲜嫩的女人，
腆着巨大肚子的女人。此时，有着共同的目标
那就是，赶紧养尿，并且还要憋住
在漫长的排队过程中，她们甚至成了
无话不谈的姐妹

2002.08.20

疲惫之诗

八点三十五分，从闷罐火车上下来
过了人行天桥，送走小尹和阿美
然后打一辆桑塔纳，回管庄
一路昏昏沉沉，每隔十秒钟，睡过去一次
车开得很慢，任何一个红灯，都能拦住它
司机一边开车，一边给老婆打电话
吵吵嚷嚷，郊区口音，嘴里像含了三两白酒
九点四十，到楼下，跟司机吵了一架
特别凶，口气强硬，少给了五块钱
要发票，心想，打电话投诉这家伙
打开信箱，一份报纸，一份杂志
进电梯，打瞌睡，镜子里的我，满眼血丝
眼屎垂挂，鼻毛旁逸斜出
算了，懒得投诉，懒得洗脸，懒得洗脚
想赶紧睡觉，却发现，箱子
落在了桑塔纳的前座，照着发票上的
投诉电话，找了半个小时，才找着这小子
名叫燕世云，已经开到了八王坟
等箱子的当儿，上网看诗，在巫昂的诗后面
跟了一个帖，给折荷，回了一封信
给溜溜，打了个电话。我的生活中

总是挤满女人，我了解她们的天才
如同了解她们的卑贱
我用灵魂，爱她们所有人的灵魂
用身体，爱她们一部分人的身体。

2002.09

饮酒诗

那人说道
兀那厮沈浩波
也是个不爽利的汉子

说这话时
必是喝酒之时
那人先饮一杯
我却小抿一口
为啥——
不喜欢白酒那味

白酒我忌辛辣
啤酒我忌平淡
洋酒后劲太大
红酒过于温吞

又不是声色犬马之时
又不是肝胆相照之人
又不是失意人执手喝闷酒
又不是多情自古伤别离

你我喝酒
相见而已
吃饭而已
嚼点花生而已
说点闲话而已
我又何必爽利

于是那人说道
兀那厮沈浩波
也是个不爽利的汉子

我不爽利不要紧
你也不要太爽利才是
每喝必爽者大都酒鬼而已
爱拍胸脯者必是小人无疑

谁配与我对饮
使我烂醉如泥

2003. 01. 01

冰湖

连水都静止
成了冰
流淌的
少年
一夜间
变成
满头灰发
的老人

岸边的枯树
静止成
铁做的
雕塑

远处有人
静止在
冰上
像一条
长出了腿的
鱼

黑鸟拖着
长长的
尾羽
擦拭天空
的灰

2014.01.05

穿过这片雾

我爸，我，我儿子
在雾霾笼罩的马路上走成一排
像一个部队的三名战友
被遗弃在毒气弹轰炸过的阵地
祖孙三代，平行走在同一条路上
仿佛一直走下去
我们就能像英雄一样，穿过这片雾

2014.02.19

岳父在我的书房

岳父住进我的书房半年多了
我每天都能看到他
我和他相处的时间
比岳母和妻子加起来还多
那年他被推进火化炉前
我帮他换上黑色的丝绸寿衣
抚摸过他冰冷的骨头
一个男人和另一个男人
修炼多少世缘分
才有资格亲近他的死亡
抚摸他不属于人间的脸
岳母和岳父关系不好
不同意把遗像挂在家中显眼处
我自告奋勇
将老头儿的照片搁进书房
倚墙放在左手边的桌上
我有时会对他抱怨：
“你女儿和你一样脾气暴躁
这事儿你得承担责任”
老头儿笑眯眯地看着我
拒绝认错

2014.02.23

他正手忙脚乱地遮掩锋芒

应一位女富豪之约去谈点事情
她的男助理是我十几年前的旧识
小心翼翼陪伴老板像陪伴女王
话稍微说多，就立刻往回收
我进门的时候，他殷勤迎接
我一拿起烟，火就递过来了
十几年前我刚认识他的时候
瘦得像一把扔不出去的小刀
又像一只饿得皮包骨头的小狼
坐在酒吧门口的台阶上抽烟
我知道他随时想把自己扔出去
只是没想到，他把自己扔得这么远
他又点燃一支烟，女富豪——
他的女王看了他一眼，说
“你怎么老抽烟，昨天你坐在我旁边
熏得我的肺疼了一晚上”
他立刻手忙脚乱地掐掉香烟
我看到他脸上，有一丝轻微的变化
又硬生生地，藏进了一抹笑容

2014.02.19

成都之春

开膛剖肚
掏出其肠
一刀砍下
剁下其头
掰开嘴巴
揪下其舌
浣花溪旁
大啖鹅肠
武侯祠边
狂啃兔头
宽窄巷子
满嘴鸭舌
晓看红湿
花重锦城
美人如血
浮生若蚊
成都之春
肠胃好疼

2014.03.22

我想做一个更好的人

我想做一个更好的人
可是赤裸的天空
长满星星的乳头
我怎么可能成为
不被欲望控制的人？

我想做一个更好的人
可是路边的丁香
勾引我的魂魄
我怎么可能成为
一条道走到黑的人？

我想做一个更好的人
可是心里会飞出蚊子
还会飞出苍蝇
我伤害过那么多人
以为在保护自己

我想做一个更好的人
每天都想做出改变
可我缺乏变得更好的天赋
意志力薄弱
像被霜打的茄子

我想做一个更好的人
但至今都不能成为
所有的不好仿佛大雪一直下
我在雪中手脚冰凉
长满发亮的冻疮

我想做一个更好的人
小心翼翼藏起暴虐
内心的毒蝎之尾
偷偷摸摸地掩饰
那些暧昧不明的猥琐

我想做一个更好的人
早晨起床照着镜子
想象自己已经是一个更好的人
只有这么想着并且相信
才能理直气壮地出门

我想做一个更好的人
像战士般坚定，像酒徒般慷慨
戒掉烟瘾保护自己的肺
春风化雪融化自私和冷漠
爱朋友只比爱自己少一点点

2014.04.08

无食我黍

深夜
杜鹃在窗外叫
夹杂在一片蛙鸣中
叫一下
沉默片刻
又叫一下
“光棍好苦”
“光棍好苦”
永无休止
仿佛要叫一整夜
直到把血啼出来
从什么时候开始
中国人把杜鹃的叫声
翻译成了“光棍好苦”？
我听着有些想笑
但又笑不出来
因为那声音有深沉的凄凉
远比光棍的苦还要苦入肺腑
杜鹃鸟
已经苦叫了数千年
一朝朝，一代代

叫到今天
分明还是《诗经》上悲凉的声音
“硕鼠硕鼠”
“无食我黍”

2014.06.03

你妹啊

“我前些天在健身房
请了个私人教练
是个女大学生
身材特别好”

说着，他看了我一眼

“第三天
我约她吃饭
然后到我家喝红酒”

他漫不经心地说着，又看了我一眼

“我跟她
上床了
活儿不错
腰特有劲儿”

他用手指轻敲桌面，又看了我一眼

“她是你们

北师大的学生”

他嘴角翘起，想笑，又看了我一眼

“是你师妹啊”

他看我没反应，忍不住提醒
意味深长地，看着我

仿佛他睡了我亲妹妹

2014.07.03

不好意思

我不想和他见面
但又觉得不好意思
最后还是见了面
不但见了面
还请他吃了饭
我不想和他聊天
刚聊几句
就觉得无聊透顶
想赶紧撤
但又不好意思
撤得太快
只好硬着头皮
陪他聊
吃了一个小时的饭
聊了一个小时的天
这才不好意思地开口说:
“要开会,先走了。”
他一脸遗憾
令我更加不好意思
鬼使神差地说:
“要不,咱们周六再聚一次
好好聊聊?”

2015.07.30

都是狗屁

一直想写一首诗
名字就叫《都是狗屁》
想写这首诗是因为
“都是狗屁”是我这么多年来
在心里说得最多的一句话
看着视频上那些
吧啦吧啦说话的人
我在心里想：都是狗屁
看着微博和微信上
那些吧啦吧啦说话的人
我也会在心里想：都是狗屁
看着生活中
那些吧啦吧啦说话的人
我还是觉得：都是狗屁
甚至当我自己在吧啦吧啦说话时
心里的那张嘴也条件发射似的说：
都是狗屁
这句话我本想永远憋在心里
以此表明我对这个世界的善意
今天把这句话说出来
因为我对这个世界
有更大的善意

2015.08.04

我爱她像……

我爱她像爱母亲、女儿和妻子
所以她像母亲一样严肃
像女儿一样对我轻蔑
像妻子一样冷漠

2016.03.19

这就是那天晚上他们在一起的全部故事

终于在一个深夜
将觊觎已久的女人搂入怀中
他贪慕那结实丰满的臀部
正打算伸出大手
好好捏上几把
不料女人竟在他怀里嘤嘤哭了起来
在他温柔的安慰声中
讲起了自己不幸的婚姻
和悲惨的往事
他轻轻拍打她的后背
直到她的哭声渐渐平复
在他怀里像一个女儿
“我现在像不像一个父亲？”
他苦笑着问
“不，不像我父亲，有点像我妈。”
女人抽泣着说

2017.11.18

几年来我常常读他的诗

那个诗人死了
像个伟大的精神世界的烈士一样死了
人们赞美他如同赞美殉教的圣徒
不断把他的诗重新翻出来展示
我每次都像鱼儿吞饵一样忍不住再读一遍
每次读完都忍不住要说一声：写得真差

2017.11.16

真假沈浩波

2002年
因为一场诗歌运动
我成了文艺青年们口中的
传奇诗人
又和符马活一起
开公司赚钱
正是春风得意马蹄疾
人不风流枉少年的时候
经常有热爱文学的女孩
打电话到公司找我
我总是装得很矜持
敷衍几句就挂掉
有一次电话被符马活接到
他毫不脸红
说自己就是沈浩波
和人家姑娘聊得不亦乐乎
对此我表现得
非常大度
不以为然
符马活变本加厉
和那姑娘天天热线长聊

以“沈浩波”的名义
谈起了电话恋爱
各种肉麻话
从“沈浩波”嘴里喷薄而出
有时我就坐在对面
听着“沈浩波”
正跟人家姑娘
热烈探讨人生
还不时发出
嘿嘿嘿嘿的笑
终于忍无可忍
要求假沈浩波
立刻跟人家姑娘坦白真相
假沈浩波嬉皮笑脸
扭扭捏捏
在电话里
说出真相
然后和人家姑娘
继续兴高采烈地聊
真沈浩波一阵沮丧
臊眉搭眼
默默离开现场
那年夏天
姑娘忍不了思念之苦

来北京看望符马活
我也见到了她
长得挺漂亮
胸也很大
扎着个马尾辫
跟我打了个招呼
就和符马活手拉手
去酒店了

2018.03.19

第四辑　自我出生以来

自我出生以来

自我出生以来
没有见过一个诚实的人
每个人都在对着空气
检查自己的口型
自我出生以来
没有见过一个有尊严的人
我们熟知所有事物的价格
脸皮和灵魂
不过是枕头和枕头芯的关系
我们不可能永远抱着
一觉到天明
自我出生以来
没有见过一个干净的人
在污泥中奔跑
也有骏马的心
自我出生以来
没有见过一个好人
我们互相指责
如同骗子抓住小偷
自我出生以来
遇到很多人

但是没有一个男人

一个都没有

他们站着撒尿的姿态

令人看着

都为之心酸

2010.02.01

森林

就像夜色
从山岗上剥落
少女脱去她的
黑呢子大衣
露出满身
母袋鼠般的温软
十八岁的少女
身体里已经蓄满汁水
像一只金黄的橘子
悬挂在绿沙发的枝头
我在远处看她
用的依然是
少年时的眼神

2001.02.03

一瞬

突然之间　有一种感觉
从头部斜上方的两侧　倾压过来
又突然什么都没有　像是飞了
我认识它　它是幻灭
被填满又被抽空的幻灭
它袭击了我　又放过了我
我突然想流泪　却不知道为什么
也许我知道　但不愿意说出
也许有什么　死死地摁住了我
使我保持　一尊雕像的姿态　在这个时候
当一尊雕像是正确的　它将阻止我
深入幻灭的深处
它将阻止我投降　阻止我成为
另一个人　想象中的另一个人
有着荒凉的心脏

2001.02.23

坟茔记

站在山坡上
这突起的一块
有风吹过
一阵寒凉

头顶是纯蓝的天空
脚下深埋着
累累白骨
万千幽灵

比任何时候
都更能感知
作为一个人
我正站在
天地之间

谁从胸膛中掏出
血红的一团
死死摁在
高山的尖顶
灼烧我灵肉

早有腿软之人
扑通一声
跪倒在菩萨像前
祈求神佛
护佑这渺小的人生

那妇人问道
你为何不跪
我环顾四周
你看这满目青山
不过是我胸中块垒

2002.02.17

炉灰之城

大风总有一天会刮过来的
刮过城市
刮过灰蒙蒙的广场和街巷
像一匹巨大的蹲在人们头顶上的
灰色的狼
伸出它那长满倒刺的舌头
刷的一下
就噬去屋顶、塔尖
和人们的头盖骨
在风中哆嗦着赶路的人们
这才发现了异样
他们把手探往脑后
从脑壳中摸出
一把把黑色的炉灰

2002.02.26

数星星

亲爱的
我们来天台
数星星

一颗
两颗
应当还有很多颗
但是我们
看不见

星星为什么
上来得这么慢
就像你的纽扣
一颗
两颗

什么时候
解得完

2006.03.15

有一个青年

有一个青年
是广州的青年
2006年的某一天
刚刚失业的他
走在黄昏的街上
半道冲出两个人
抢走了他的钱包
青年站在原地
半天没动
然后继续前进
走上一座过街天桥
桥上很多行人
一位年轻的母亲
拉着女儿的手
在落日的余晖中走来
青年经过她们
突然伸出手去
一把抢过女儿
从高高的桥上砸下
母亲还没来得及尖叫
青年已纵身跳下
桥下是时代的铁流

2006.11.05

中国家庭

她是税务局的
她是
一个小县城的
税务局的
她去五金店收税
她经常
去五金店
收税
她家里摆满铁锅
她家里
一摞摞
铁锅
她的家不大
她的家
很挤
她正忙着择白菜
她在
客厅的桌子上
择白菜
她边择边嚷嚷
她边择

边嚷嚷

她说你再多弹会儿

到开饭的时候

才能歇

窗边坐着

穿白衣的少女

穿白衣的

少女

坐在窗边

弹钢琴

2006.12.15

你必须记住你爹的家乡

家乡的方言
土得掉渣
比如“东西”
我们那儿读“搞子”
“去，把那搞子拿来”
“这搞子真漂亮”
“你是个什么搞子”
从我家往西
十公里外
就不读“搞子”
舌头卷起来——“搞吱”
太难听了
多年之后
读了汉语言专业的我
才突然发现
“搞子”一词
竟是古语
日出东方为“杲”
日落西方为“昃”
东西东西
杲昃杲昃

我将这妙词
送给刚出生的儿子
做了他的乳名
我的儿子
有一天
当你回到你爹的家乡
你才会知道
这个充满文化的名字
是多么的土
沈杲昃
沈杲昃
读出来就是
“什么玩意儿”
的意思

2006.12.20

向命要诗

这是一个
羞于对人言的
小秘密
每次我去雍和宫
或者潭柘寺
总是先求
家人身体健康
再求公司生意兴隆
我本来就是
做了生意之后
才去烧香拜佛的
临了临了
还要加上一句
希望老天保佑我的诗
能够越写越好
之所以将此心愿放在最后
不是因为它不重要
而是我
有些害羞
今年春节
去潭柘寺

在菩萨面前
想了又想
把这最后的请求
咽了回去
老天待我
已经太厚
它既然给了我这条命
就一定准备好了
那些藏在命中的诗

2007

成吉思汗

来到海拉尔的第一个晚上
我们找了一个小饭馆吃饭

进门就看到
整张熟牛皮
挂在墙上
上面画满红色的箭头
仔细一看
竟是成吉思汗行军路线图
我不禁暗自惦记

坐下来吃饭
要了一大锅奶茶
头顶右侧
是一张
成吉思汗的画像
胡须非常茂密

晚饭吃完
主意已定
要跟老板好好磨磨

把那张牛皮行军图
买回家去
贴到书房里
一定酷毙

我径直走向收银台
趴到柜台上
正想跟那蒙古妹子套近乎
胳膊一抬
碰到了什么
一看
又是成吉思汗
一尊铜像
杀气腾腾
立于台面

我一下怯了
想说的话
硬生生地
咽了回去

我不是怯于这铜像的杀气
而是怯于我所看到的
那种子孙对祖宗的热爱

我的偶像

是别人的祖宗

2007.01.30

原谅

朋友中岛
在网上给我留言
说他又没工作了
让我再帮他找
我一下子感到绝望
这年头
到哪儿
找去啊

突然就原谅了昨天见到的那个女孩
我去她们公司时
她正在跟老板请病假
特别强调
为了工作
她要去把肚子里的孩子
拿掉

2007.02.07

后海盲歌手

我一点钟到那里时
他正在唱
坐在地上唱

我听不懂他的河南腔
不像是在唱
更像是在喊

声嘶力竭地
喊
像在喊命

我停下来看他
他坐在那里
肚子特别大
像一口大风箱

一口大风箱
在人流中
声嘶力竭地唱

仿佛不是在闹市
而是置身
人都死光了的
空城

2007.02.12

天下无戏言

吃着晚饭的母亲
突然提起弟弟来
抱怨道
“连过年
都没回家待着
不知道整天忙什么”
我不管她的唠叨
只顾埋头扒饭
母亲说着说着竟有了气
“一年到头
他跟我说的话
不超过十句”
我心说糟糕
母亲最近身体不好
要把憋在心里的气
撒出来了
我不敢接茬儿
埋头扒我的饭
果然
母亲接着就愤怒起来
“早知道当初

还不如不生他呢”

我一愣

脱口就说

“当年你可说过

等你老了

不会跟我过

要跟老二过的啊”

说完我就后悔了

自己也没想到

小时候

母亲的戏言

我竟然一直藏在心里

耿耿于怀到今日

更令我没有想到的是

接下来整个晚饭时间

母亲竟然都在解释

她当年的

这一句

戏言

2007.03.06

进入河北省

经过一座大桥
下面是条大河

滴水不见的河床
像只趴着的黄狗

2007.03.21

坦克

其实我也担心
整个诗坛
从民间到学院
从混子到官方
对我来一次疯狂的围剿
局面正在形成
我已暗自担心
我担心的是啊
他们把我这辆疯狂的坦克
孤零零地扔到沙漠上

2007. 06. 03

换频道

我的生活节奏
快得如被追杀
叫上一辆出租车
掏起手机就打
先是大声咆哮
对方是我员工
不骂狠点
他难长记性
接着又换成温情款款
对我的签约作家
一个小女孩
我告诫自己
要尽可能温柔
五六个电话打下来
不停地调换语气和表情
疲惫不堪
突然想起
此去机场
飞赴海南
是要参加一个诗会
赶紧把内心的频道

使劲一掰
硬生生地
从出版商
掰到诗人
嘎嘣一声
心惊肉跳

2007.06.03

读好诗如吃肉

读好诗
如吃肉
肥的
满口腴香
瘦的精道
挥动牙帮子
猛嚼
嚼到
牙龈疼
我是一头
奔跑的猎豹
你读我的诗
有没有闻到
血腥的
刚刚撕下的
生肉味道？

2007.06.19

时光中有人被遗忘

再次和你相见
已是五年之后
我是一个孩子他爹
你是另一个孩子她妈

你带着孩子出场
笑容如同昨天
你说我除了瘦点
也没什么变化

我们坐在一起
仿佛杳无音讯的五年从不存在
如果时光真的静止
你怀里的孩子从何而来

我提起某人
你好奇地问
这个人是谁
我怎么没听说过

我的心咯噔一下

没有说话
很多年前
一个晚上
我和你
在一个小酒吧喝酒

后来来了一个人
就是被你遗忘的某人
那晚是他结的账
那晚我喝得大醉
那晚我跟你
回了家

2007.06.23

外婆的葬礼

外婆的葬礼办得隆重
母亲哽咽着朗读她连夜写出的长达好几页纸的祭文
二舅从遥远的宁夏赶回
小姨请来了做法事的和尚和唱戏的班子
刚刚做完手术不能动弹的大表哥
躺着也要家人把他抬回一百公里外的老家
这些都是母亲回北京后向我描述的

其实我知道母亲在心里埋怨我和弟弟
只是她没说
我甚至能感受到遥远的家乡从小对我特别好
也是最重亲情的大表哥的埋怨
他当然也没说

我终究没有回去
确实是因为太忙
但奶奶去世的时候
我可是想都没想就抛开一切匆忙飞回

母亲的失望我心知肚明

可是有些东西强求不来
很小的时候
我多病
父母为了带我求医
把弟弟托付给外婆
他被绑在一辆童车上
嚎哭了整整一周

我记得这件事情
并不意味着我恨我的外婆
她那时的难处我当然知道

但是有些感情就这么慢慢流失了

2007.07.21

普照寺

鹫峰之下
有普照寺
山门紧闭
无人知晓
杂草丛生
石碑颓倒
树木古老
遍地清凉
斜刺而来的
一条铁道
将古寺截为两半
如今这铁道上
亦长满青草
坐在石阶上
灵魂陡然安静
我确实做不到
身居闹市
如处废庙

2007.08.30

她们

十九岁的女孩
每个月要给三十岁的无业游民哥哥寄钱
她恨她的家庭和父母
二十五岁的女孩
挣的钱一半要寄回家
她的父母
要存钱给先天性心脏病的弟弟买房
二十八岁的女孩
准备结婚时发现了男友的外遇
她忍受了这羞耻
因为她已活得太累
她们都是我的同事
我每天都在听说这样的故事
但只能像礁石一样无语
有一句话
我一直想说
但终究也没有说出：
“你们互相之间
就不要再斗下去了”

2007.09.19

红尘往事

眼神坚定
盯着前方
手握方向盘
身体稳得
如老僧拜佛
道路在延伸
城市在倒退
道路在荒芜
城市在消失
青山在眼前
人间在身后
我突然被自己
吓出一身汗
灵魂陡然回归
立刻掉转车头
向城市方向
狂奔而去
像一个
饱含热泪的和尚
从山上冲下
一头扎进
我的红尘往事

2007.09.24

他不吃螃蟹

那个年代，那个渔村
饿死很多人
大海就在
村庄外面
肥胖的黄花鱼
大把的蛏子
海螃蟹遍地都是
一天深夜
他的父亲
躲过巡逻的民兵
翻过堤坝
来到海边
手忙脚乱
搞了一筐螃蟹
这种挖社会主义墙脚的事情
他干得心惊肉跳
然后绕到邻村
爬上后山
越过山岭
回到家中
他那没有几颗牙
快饿死的奶奶
嚼了整整一夜螃蟹

2007.09.25

雪灾

雪越下越大
就着火炉取暖的小青
脸蛋红得
像挂了两个
冻柿子
这使她看起来
像一个孩子
她本来就
是个孩子
但在城里时
她不是孩子
她的工作是
给那些来洗浴城的男人
做按摩
用很大的力气
按压他们全身上下
有时也会被
动手动脚
她已经学会
咯咯笑着躲开
想起回家过年之前

按过的最后一个男人
不禁暗自偷笑
那是一个胖子
非要光着上身让她按
结果被冻得直叫
听说城里
现在停电了
还断了水
那个怕冷的胖子
可怎么办呀？

2008.03.20

恐怖的发现

太恐怖了
他的情人和她丈夫一起
坐在他面前
像两盆做工精致的绢花
摆放在大理石桌面上
他被吓到了
他从未见过她丈夫
做梦也没想到
夫妻相这回事
会活生生的
出现在他眼前
眉眼是他亲吻过的眉眼
嘴唇是他啃食过的嘴唇
但现在同时张开
丰润
鲜红
居然是
长得一样的
四瓣
都是被他
咬红的吗

2009.01.31

慈祥

背负双手
如同倒剪双翅
当他漫步踱进
立刻吸引了众人的目光
挂在脖子上的一条
鲜红艳丽的围巾
使他看起来
像一只高大骄傲的公鸡
硬硬的鼻梁下
缭绕着一股挥之不去的阴鸷
幸亏额头上爬行的皱纹挽救了他
——即使是个狠人
也只不过是
一个曾经狠过的老人
人群当中眼尖的那个
看到皱纹中有尸骨在跳舞
年轻时被他杀死的人
柔软的身体
仍然堆积在他的脸上
形成此刻
一个老人应有的慈祥

2009.02.02

与上帝的羔羊晓贤兄谈谈敬爱的上帝

1

晓贤兄

自从你心悦诚服于上帝的怀抱

我就决定

不再对上帝发出微词

我深知信仰的力量

如果我们无力

获取自身

一具贱躯的价值

那就信他吧

完全的奉献

是一种爱

一种美

一种残暴中的幸福

2

我没命地奔跑

才有机会

被你的上帝选中

成为一粒胚胎

成为今日之我

伤害与被伤害

痛苦与忏悔

欢乐与忧郁

希望与绝望

纷至沓来

交织在一起

令我的内心

布满皱纹

令我年纪轻轻

就长了一副老脸

令我感到活着之踏实

3

我因此更加

敬畏生命

晓贤兄

面对上帝

你在写忏悔之诗

面对生命和生活

面对永远的甚至是永恒的无知

我也在写忏悔之诗

但我不需要唱诗班为我祝福

也不需要一个幽暗的小房子

让我痛陈心中之罪恶

世界万物

朝向我

它们就是穿着洁白裙子的唱诗少女

深夜降临

月亮像一个真正明净的神父

倾听我的悔恨

4

即使那是真的——

他说有光，就有了光

他说有人类，就有了人类

即使我所生活的世界

即使我本人的降临

全赖这个叫上帝的所赐

但我已然活成了一条完全的命

活成了我的意志

即使他真的是父亲

也不能是永恒的

永垂不朽的父亲

如果一定是

如果必然是

那我宁可是那走失的野孩子

5

人类无力

需要永恒之价值和信仰

需要重新回到怀抱和襁褓

被呵护

被赐予祝福

我也时常感到孤独

但这孤独

已然成为我的信仰

一颗残缺之心

也可以独自面对太阳

我逶迤行走于大地

怀抱心灵

拖着身影

这就是我的全部

并且形成

独属于我的意志

6

晓贤兄

上帝从不现身

你却如此虔诚

信奉他所给予的一切价值

感谢他赐予你食粮

和光芒

但是我不会去信

这既有之一切

这已被完全创造出来之一切

我们已遵从太多

再把内心掏出来遵从

这太残忍

对自己太残暴

7

那么

我大概就是

那种邪恶的虫豸了

布鲁诺的绞刑架

和脚底升腾的大火

在今天

是否仍然要为自由意志而准备

如果真是

我这条肮脏的虫豸

自然好整以暇

裸身面对

2009.04.18

遗体

他高高在上　目不斜视
任由我们　在他身边逡巡
仿佛是　终于等到这一天
神情庄严　所有的表情
微笑　惊恐和愁思　全部抹去
雕塑般的一张脸　包含着
人类追求的一切尊严
比如安静　沉默　和严肃
不苟言笑得　近乎伟大
烟草染黄的牙齿　紧锁在
锋芒暗藏的　嘴唇深处
被欲望浸泡得　松弛的眼窝
有力地　向黑暗处收敛
枕边人在一旁垂泪
那几个　哀哀哭泣的女士
他已不记得　她们是谁
再完美的修炼　也达不到
此刻的境界　一切皆空无
哭泣空无　绝望空无
空无中升起　洁净的脸庞
在无数枝　白菊花的衬托下

神圣得　令生者显得猥琐
令爱恋者　顿起追随之心

2009.05.16

母鸽

下午的咖啡馆有些冷清
只有我和一个年轻女子
小小的咖啡馆
安静得令人觉得时光漫长
她看起来神情抑郁
像一只孤独的鸽子
在阴霾的树荫下低头饮水
互不相识的两个人
很难填满彼此之间的空气
就这么坐了大约两个小时
这只可怜的小母鸽
突然“咕咕咕咕”叫了起来
声音兴奋，像要飞起来
我循声望去，一个男人
正顺着楼梯走上来
咕咕，咕咕咕咕
咕咕咕，咕咕咕咕咕咕
咕，咕咕，咕咕咕
咖啡馆充满了鸽子的叫声

2010.01.03

鹤立鸡群

在零下二十二度
的哈尔滨
我们把自己
裹得像一团刺猬
身边的诗人
突然大喝一声
“瞧，六条细腿”
只见前方
三个少女
穿着黑色袜裤
咔嚓咔嚓
昂首走在
冰雪封盖的大街
满街瘟鸡般的人群中
六条细腿
刺激着我们的眼球
所谓鹤立鸡群
大概就是如此

2010.01.03

熟睡的猫

在正午的阳光下
每一个毛孔
都晒得酥软
肚子上的毛
翻滚如波浪
我从未见过人
睡得如此香甜
即使三岁的孩子
睡梦中
也常握紧拳头
但是猫不会
它此刻温柔
松软
两只前腿蜷着
像人的手
后腿伸得笔直
看起来比前腿
要长很多
如果它突然醒来
会不会
从此直立行走？

成为一个

紧张

焦虑

不安

的人类

2010.01.23

黑丝赋

首先是黑丝
然后才是女人的腿
然后才是
被丰腴的大腿
托举着站立
的女人

醉意来得突然
如同一剑穿心
我还没有来得及
感受疼痛
便已一头坠入
那一双
黑色的丝袜

我反复对着
不幸坐到我对面
穿黑丝的女人表白
事实上她本来
就是我的一个朋友
“我一直只把你当作哥们儿

你为什么突然
穿上了黑丝”

如果只说一次
两次
或者三次
那将意味着
幽默？
调情？
或者挑逗？
可我说了整整一晚上
如同一架
肉做的复读机

这对那个美女
一点也不公平
酒鬼在歌颂
她腿上的黑丝
再深刻一些
就需要爱情了
而我只是
想表达一些什么

清醒使人麻木

理智令人绝望

大酒如春雨

黑丝如绿韭

在雨水中生长

紧紧

套在

她的腿上

2010.04.11

客厅里的父亲

你家客厅
电视正对面的墙上
高高挂着
你父亲的遗像
每次我走进
心里都咯噔一下

为什么要挂在这里呢
我问

“我希望父亲
能陪我
看看电视
他生前
从不陪我。”

然后
你问我
“你知道为什么
被抽耳光时
鲜血总是从

嘴角流出来吗？”

我一愣

还真没想过

“小时候

父亲经常揍我

他抽我耳光时

嘴唇狠狠撞击牙齿

鲜血就会流出来。”

2010.06.20

繁殖

他生下了第一个孩子
是个儿子
他从儿子的眼中
看到了怯懦
和他自己一样的怯懦
他又生下一个女儿
长着和他一样
金鱼泡的眼睛
这令他恐怖
因为他的金鱼泡
是成年后喝酒喝出来的
他不服气
又生了一个女儿
爱说话
小嘴跟抹了蜜似的
他在高兴之余
有点悻悻
这才知道
夸夸其谈
也有令人讨厌的一面
他又生了一个

再生了一个

继续生了一个

生出了像他爹的一个

生出了像他妈的一个

生出了像他老婆的好几个

甚至

生出了一些特别的女儿

分别像极了

他偷偷摸摸

好过的那几个情人

他越生越害怕

越生越过瘾

生出了一只老鼠

生出了两只刺猬

生出了举着刀满大街追砍他的仇人

生出了梦中出现的鬼魂

生出了小学时的女班长

2011.05.01

一棵杨

我常去的咖啡馆
在一条安静的胡同里

咖啡馆的正对面
有一个公共厕所
站在小便池边
一抬头
就看到一棵
高高的杨树

它是这里最高的树
天空朝它弯垂而下
像一把蓝色的伞

我之所以
爱去这家咖啡馆
一定跟
站在厕所里
抬头就能看到
这棵高大的杨树有关

它安静神秘
能给我一点力量

2011.09.12

那年我在甘肃认识的三个诗人

这两年他们的写作
都陷入了困境

一个被经典
带迷了路
一个在琐屑的
日常里
找不到心
一个被抒情
这匹老骡子
往村里拽

我已经很久
没有选他们的诗了
希望他们依然
把我当朋友

2018.09.14

惊魂未定

刚才在读查文瑾的诗
用手指划拉屏幕
不小心按了“举报”键
瞬间脸都吓白了
我成了一个举报者
举报了一个诗人

2018.09.08

彩虹里的飞机

飞机飞过云的上空
云团上出现了一枚
小小的彩虹圆圈
圆圈中间是一架飞机
正是我们飞机的影子
快来看啊，云上有彩虹
彩虹里有飞机
飞机里有你和我
但我们并不是恋人
所以我只对你说了前两句：
快来看啊，云上有彩虹
彩虹里有飞机

2018.09.14

教师节有诗

我当过成绩很好的学生
我见过并享受过老师们
对好学生的宠溺

后来我成了差生
于是我开始经历过去
我当好学生时目睹过的
那些差生所经历的一切

物理老师讲着课突然停下来
指着我对全班同学说
你们看沈浩波
那死鱼的眼睛

2018.09.10

第五辑　我想看见光

我想看见光

我站在阴暗的地方
看着她，如蜂鸟般
忙碌的女人。在厨房里，
在水汽中，我看不清她，
想象不了她，她是
浮游着的，仿佛月色。
她是暗夜的种子：一枚
捉摸不定的杏，平滑，
光洁。啊，这柔软的
梦，在娴熟的温婉中
轻轻浮动。

我看不清她，想象
不了她。她的短裙，
仿佛来自洒满雨滴的
丛林，它是其中
发光的部分，簌簌着
垂下，像黑色的叶片
轻轻旋转，但矜持着，
并不飞扬，也不卷起尘埃。
它紧贴着光滑的白桦树干，

像裹着一颗心，静静的
静得像她。

她忙碌着，我看不清她，
空气阻隔着阴影里
我的梦想。啊，我多想
看见她，让她肌肤的色泽
破空而来，洒落我全身。
我多想叫住她，多想说
停下，姑娘，请转过你
轻盈的身子，让我看见你：
先是飘飞的头发，像雾；
接着是柔荑般的肌肤，像
云。然后，然后

然后我会说，姑娘，我看见了光

1999.05

墙根之雪

马路上的雪早已融尽
变成水，渗入地下
加大了地表的裂缝

而墙根的雪已经不是雪了
它是雪的癌症
它吃力地扶着墙根，它将
继续黯淡下去，直至消失

沿着墙根行走
每走几步，你就会发现这些
令人心颤的细微之物
它们看上去甚至还很新鲜
而它们到底形成于何时？

呵，在夜晚
竟会有那么多人匆匆奔向墙根
他们解开自己的裤子，或者
把他们的手指抠向深深的喉咙
他们在排泄和呕吐，加深了雪的肮脏

2000.01.22

昆明小街

我和女友
并肩走在
雨后的沥青街道上
像一对
年老的伴侣

顺着一段斜坡
往下走
从灰暗的邮电局
走回保险公司
开着玉兰花的
宿舍大院

经过一条
饭馆云集的小街
她陪我在这里
吃过鸡枞菌、干巴菌
童子鸡、蘸水鱼
堆满酸菜和辣子的
小锅米线

这条小街
我已经很熟悉
她更熟悉
在这里长大
变成一个女人
说一口好听的昆明话

饰品店门口
两个推自行车的少女
正在高兴地说话
细小的胳膊
轻盈的小腿
马尾辫不停地摇晃

我问她
你小时候
是不是也像她们
骑着自行车
游逛在这条街上
上坡，下坡
摇着清脆的铃铛
跑遍每一个店铺

我多想变得

像她们一样大
或者更小
我想在这个地方
这条街上
陪着你长大

陪你吃冰淇淋
陪你买好看的发卡
肩并肩
和你一起度过
那些我一无所知的
你的青葱年华

2002.03.02

你是否懂得一只蜥蜴的悲伤

一只蜥蜴
在一棵大树上爬行
仅有的一只蜥蜴
爬行在
一棵被烧焦的大树上
在澳洲东部
一片被大火焚尽的林子里
这只蜥蜴
是唯一的活物
缓慢爬行在
巨大的
被烧焦的树干上
还有比这更悲伤的
在北极洲
冰天雪地之中
两只年迈的白熊
搂抱在一起
度过它们的
风烛残年

2002. 08. 22

绍兴路的黄昏

这时的天空应当有鸽子飞过但是没有
这时的街道应当有坦克轧过但是没有
这时的绍兴路笼罩在一张细密的铁丝网下
我说的不是恐怖而是
宁静
这时的绍兴路像一块
凝固了的生铁

而我正在咖啡馆读诗

这时的绍兴路有放学的孩子结伴走过
就在窗外
伸手
就能触摸到那些长着茸毛的脸蛋
黄澄澄的
涂了一层轻蜡
他们还远没有
长成男人和女人

而我正在咖啡馆读诗

“他将咖啡
倒入杯中
他将牛奶
渗入那杯咖啡
他将糖
放入咖啡牛奶中
他用小汤匙
搅动”

雅克·普列维尔的诗句
如同我现在
正在做的

而孩子们像士兵一样从窗外走过

2002.10.31

爱情是一首诗

啊！那被压榨着的爱情

那多余的爱情
那不够的爱情

那搂抱在一起
然后摔跤的爱情

那我在书房一晃腿
你在卧室
就会头晕的爱情

那你一头晕
就会砸烂所有杯子的爱情

那你一砸杯子
我一个晚上不敢晃腿的爱情

那你给我挤酒糟鼻的爱情
那我给你洗臭袜子的爱情

那愤怒的爱情
那悲伤的爱情

那幸福的爱情
那所有传染病
我们都会先后染上的爱情

那互相憎恨的爱情
那彼此索要的爱情

那又当爹又当妈又当儿又当女的爱情

那不可磨灭的爱情

那除非有一个
先死
才能解决掉的爱情！

2002.10.31

油画家的谎言

不是比例
不是线条

不是胖瘦
不是体态

也不是乳房
不是阴阜

这一切你们
做得天衣无缝

闭上眼睛
也能画出女人的身体

不是灵魂
不是性格

不是命运
不是悲欢

对于一个画匠
我没有这么高的要求

但是阴影呢
不是因为光线

而是内裤和胸衣勾勒出的
细小而深刻的印迹

但是伤疤
但是瘀青

但是疱疹
但是疫苗留下的瘢痕

但是一处或者好几处
突然黯淡的黑呢

洁白无瑕的女人
我还从未见过

2002.10.31

三月之鸦

每只乌鸦
都有一颗
中枪的心

盘旋在黑色的巢穴
向下俯视
用两只
结着寒冰的眼

比一只乌鸦的寒意
更深的
是两只乌鸦

像两个
不同教派的神父
停在枯瘦的枝桠
沉默，并且对峙

它们是天底下
最冰冷的动物
——冰冷

并且会飞
从枪眼般的巢穴
飞弹而出——
一颗酷毙了的
孤独之心

2003.03.16

我爱你什么呢

实际上我还远未老去
皮肤红润得像是新生

为何从不奢谈爱情
只是因为不太习惯

但我到底爱你什么呢
竟令我如少年般鲁莽

莫非是你深凹的双眼
使我想起初恋的童年

想起年轻的姐姐
想起同桌的女生

我多爱看她们眨眼的样子
如同爱看你头发半拂眼睑

但这一瞬的心动
怎就会成为爱情

什么东西在你眼睑后隐藏
就是什么东西使我心激荡

什么东西我看不见摸不着
就是什么东西在暗自闪亮

每个人心里都有一泓湖水
即使有时它会凝结成冰面

如果允许我在你的冰面上滑行
我定会在冰面下找到我的投影

我一直在你的湖水里等
等待另一个我前来寻觅

当两个我在你身上相遇
我就忍不住要说我爱你

2003

深夜

阒寂
爱和恨都已酣睡

这是我的时间
也是神的时间

在人群中
我们从无立锥之地

2006

诗人在他的时代

总有一些人会留下来
为文明的棺材钉上最后一颗钉子

总有一些人会留下来
怀揣天空的灰烬
等待死亡的飞翔

我的身体里有天空被雷电劈死前的记忆

总有一些人会留下来
擦拭陨石的光辉

总有一些人会留下来
积聚所有干尸里
残余的灵魂

我的身体里有狮子被长矛洞穿后的吼声

只要星星仍然在头顶闪耀
就一定有骏马沿着大河奔跑

只要人类仍然有爱和悲痛
就一定有微风扬起柔软的马鬃

总有一些人会留下来
掏出飞鸟的心脏
取出满天星光

2006.03.12

清明：想象中的雨

想象中的雨
清洗了旧时的庭院
青草像麦苗一样发亮
赤脚的男人去了北方
大嗓门的女人去了南方
练习起飞的麻雀
惊动一树梨花
仅仅一场细雨
时间就被打翻在地
檐下坐着的老人
一件毛衣织了三年

2006. 04. 12

桃子

妻子躺在床上不肯入睡
我坐在旁边的写字台上
刚想敲一行诗
她就在后面问
“吃完桃子我为什么会哭呢？”
“别烦我，忙着呢。”
“可是我睡不着，那年
吃完桃子我为什么会哭呢？”
“哪年啊？”
“就是在茌平那一年
吃完桃子
你还陪我
把桃核埋在花园。”
哦，茌平
我们初识的地方
十年前
我们十九岁
整个夏天都在那里
“吃完桃子我就哭了
我为什么会哭呢？”
是啊，她为什么会哭呢？

十年前，我曾经问过她
她什么也没说
我们在花园
埋下两个桃核
她突然哭了起来
跑到马路边上
我追出去的时候
已经爱上了她

2006.06.24

沉默

我怎么知道闪电是什么
在幽寂的森林里
当它猝然降临
转瞬又消逝
留我在震惊中茫然
我怎么知道女人的身体是什么呢
蒲公英在阴阜间飞扬
被吹散的却总是爱情
我怎么知道爱情是什么
我怎么知道你是什么呢
即使全部的秘密向我坦陈
可是这一分钟
已经死去
你还是你
留我在你的新生之外
我怎么知道诗歌是什么
不能说
不能说
白天说出的
又被黑夜否定
一匹马
没入丛林

2006.10.25

乘火车头穿越赣北平原

——赠诗人水笔

从南昌去九江
我们是坐火车头去的
火车是一支响箭
我们在箭镞上飞行
赣北平原的秋色
如同倒灌的江水
一一涌入内心
金黄的残稻
深褐的棉田
一片一片
交互杂陈
千里沃野如同一帧巨幅
被尖锐的车头撕成两半
我觉得自己像苍鹰在猛烈飞翔
抖动斑斓而丰厚的翅膀
秋风寒凛
我的羽翼之上
有高树耸立
群鸦徘徊
赣水北去

汇入鄱阳

我将在那里停住

将心思收敛

藏入一艘艘驳船

看它们顺长江东去

渺茫如云烟

2006.12.03

江湖

江是长江
湖是鄱阳湖
我站在一叶扁舟之上
顺风而下
到江湖的交界处去
江风凛冽
寒透衣背
红日西沉
光柱映于水面
头顶有秋雁飞过
在天空画出寒冷的心
我在船头
负手而立
想寻找一点古人的感觉
小船漂流而下
漂泊于江湖的
那种漂
眼前是波澜不惊的长江
多少古人
曾经漂于江上
王勃漂过

杜甫漂过

杜甫病死在湘江的船上

王勃从长江入赣江

溺死在茫茫海上

2006.12.03

父亲

1

父亲我二十四岁开始抽烟
你不知道当我沉迷于此不能自拔时我是多么害怕因为
你就是二十四岁开始抽烟因为
家里永远笼罩在一片呛人的烟雾中因为
母亲的哮喘因为
你臭烘烘的嘴巴和焦黄的手指因为
我竟要变得和你一样吗
父亲你有阴郁的舌头
像暴风雨来临前翻滚的黑云你有
坚固的牙齿愤怒地咀嚼食物一脸阴霾你有
一双横断的手掌呼啸的耳光落在妻子和儿子脸上你有
天生的大嗓门母亲躲在角落里垂泪而你旁若无人你有
一双劣质皮鞋的双脚愤怒地踢向我的胫骨

父亲你揍我因为我在课桌上写字
但是你不能折断刚刚给我买回的圆珠笔
那是我的第一支圆珠笔
父亲你揍我因为我写作业字迹潦草
但是你不能让我下跪在门口的水泥地上让所有人看到

我血管里的血都快喷出来了但是我不能说
父亲你揍我因为你喝酒的时候吹牛而我小声咕哝了一句
但你不能永远在酒桌上当着那么多人吹牛所有人
都知道那不是真的都知道我的父亲在吹牛

父亲你揍我因为1982年分田到户时你和村里的队长吵架你像
一只鸡冠通红的公鸡冲了上去却像青蛙一样被那农民
一把扔到水齐膝盖的稻田
父亲你揍我因为1983年他们不让你入党1984年
他们不让你入党1985年他们不让你入党1986年他们
仍然不让你入党

如今你终于揍不动我了
在我的家里
像一个拘谨的客人
你学会了沉默地吃饭
大家都沉默地吃着自己的饭
沉默多么好
和你在一起的岁月里
我几乎从来没有吃过一顿沉默的饭
如今你沉默地喝一杯酒，吃自己的饭
我忘了从哪一天开始你变得如此沉默
我享受着这三十年来难得的安静

2

父亲，其实你心里知道母亲从来都不爱你
这是她亲口对我说的
你知道她还说你什么吗
她说你是个“小男人”
哈哈哈哈哈
父亲，你遭天谴了
你的已经揍不动的老婆
她告诉你的儿子
你是个小男人

无法想象这个逆来顺受的女人
在心里对你的蔑视如此强大
竟一次次告诉自己的儿子
父亲，我不想听她这么说
我不想听这个女人这么说
但是我爱你吗？父亲
有人爱过你吗？父亲
但我知道你是爱我的

父亲，你不再是一个君王，垂下了苍白的脑袋
你逡巡着找不到任何一块属于你的领地
那天被我随口说了两句你居然失声痛哭

你哭得那么大声几乎是嚎啕大哭像被抛弃的婴儿
父亲，你一直就是被抛弃的你被那杂种抛弃了你一直
拼了老命想赶上你终于知道再也跟不上了父亲
你哭吧今天之前我从未见过你的眼泪
我知道你懦弱你胆小你坚强你自卑你脆弱你下了狠心你挺了过来
但我从来不知道你有着怎样的内心
我不知道你会这么大声地痛哭在你的儿子面前
父亲，也许我是爱你的

3

父亲，你从来不谈你的过去
以至于我根本无法想象你这懦弱、瘦小的属鸡的男人
竟然也有光辉的岁月
父亲，那时你该多瘦
吃糠和咸菜的父亲
裹在肥大的军服里
到底是怎样一副模样
你是怎么成为一个学校的造反派总司令的
你是怎么让你的弟兄们服你的
你从来不提你的过去
我问过

你只是说：“我们没有打死人！”

父亲，你从来不提你的过去
直到我有了自己的儿子
母亲才告诉我
你读高中的时候
与你相恋的是学校的校花
舞蹈队的队长
白杨般的少女
令所有女生自惭形秽
母亲在年迈的时候提起她
口气里依然只有羡慕
那是怎样一个女人
终你一生不再提起
你是老三届的高中生
轮到你们的命运
是不允许也根本没有大学可上
你只能也必须返回农村
你拒绝了她
一句话没说就离开了她
父亲，你后悔过吗？
她后来在苏州
嫁给了一个瘸子

4

父亲，那摧毁你的不是岁月

父亲，那啃食掉你所有皮肉脑浆心脏肝肺的不是你的儿子

父亲，如今你颓然老矣

2006.07.27初稿

2007.03.01修改

妻

只有在她的身旁
我的目光才变得柔软
她洗完澡出来
神情宛如处女
如果不是肚子依然有些大
你根本看不出来
是个生过孩子的女人
她因此很自卑
我太累了
躺在沙发上
头正好
枕在她的肚子上
柔软
并且肥沃
让我内心宁静
我静静地听着她肚子里发出的声响
就像里面还有一个孩子
我枕着她的肚子渐渐向梦中沉去
芳草萋萋的坟丘
覆盖住我的身体

2007.06.13

外婆去世

外婆去世了
故乡的亲人
在一场瓢泼大雨中
为她送葬

送葬的路说长不长
用去了我三十年的时光
我花了整整三十年工夫
才把童年时认识的那些老人
一一送进坟地

一个都不剩了
战火
逃亡
饥饿
批斗
贫穷
他们的一生从未幸福

连死亡
也被烧成骨灰

再花三十年工夫
为现在的老人
我的父母们送葬

他们从出生开始
就被剥夺了灵魂
在谎言中长大
在空洞中衰老

2007.07.09

寂静的乡村

青壮年走空了的
美丽的乡村
偶尔在路上飘着的人
像个游魂
一只山羊
想象自己是长颈鹿
伸长脖子
够一只柿子
一个老人
没忍住
在长满杂草的路上
强奸了另一个老人

2007.07.21

侥幸

——写给儿子，祝他生日快乐

我怀抱浓郁的爱意
并且想让你
每一分钟都体验到幸福
你可知道
我是多么心怀侥幸

（当我看到
病死在难民营的
阿富汗孩子
活埋在沙滩的
伊拉克孩子
……）

有一天
爱你的人会被上帝收走
又或者有一天
灾难降临
幸福的时光不再有

（当我看到
上个世纪
70年代面黄肌瘦的
60年代全身浮肿的
50年代饿死家中的
40年代死于炮火的
30年代遭遇屠杀的
……
和你一样的
中国孩子）

因此我怀抱更为浓郁的爱意
给予你弥漫内心的幸福

有一天
当你的幸福
被一支粗暴的枪管击中
即使我已不能再给予
也会为已经给予的
而心怀侥幸

2007.10.07

父亲的手掌

在福建宁德
我特地去李师江的老家
看望他的父母
走的时候
师江的父亲
手掌搭着我
赤裸的胳膊
送我到村口
粗糙的掌心
温热发烫
我恍惚觉得
我就是李师江
我怀疑师江的父亲
也有这样的错觉
那时阳光灿烂
我真想替师江
喊一声父亲
回到北京后
我把这种感觉说给李师江听
他愣了一会儿说：
“但他从来没有对我这样过！”

2007.10.26

四川大灾之中，朋友诞生一子，闻之悲欣交加

——写给李师江

几日以来
我心中住着一个溺水的人
挣扎
沉浮
哀号
当我盯着电视屏幕
变得越来越沉默时
我怕我心中
那溺水的人
会无望地死去
浩劫之中
那些面孔
一具又一具
孩子的躯体
我的儿子正在楼下玩耍
四川的孩子掩埋在废墟
就在这时
收到你的短信
你的儿子于今天出生
那么多孩子死去

你的孩子出生
那么多生命消失
新的生命诞生
如同一根救命的稻草
将我心中快要溺死的那人
从血浆淋漓般的水下捞起
我的朋友
你在喜悦中抱着你的儿子
而我此刻
悲欣交集
不能自已

2008.05.15

流水汤汤

1

阴柔的蜀地
岷江竟如猛虎
大河荡荡
不怒自威
大人物的狂放
原本就在时时刻刻
的从容之中
岸上小子如我
在此受教了

2

人类已在笼中
大河仍在天地山野之间
裸裎以对
恣肆奔突
福州城跨江而立
而闽江依然如同野马掠过草原
城市的高楼
不过是大地的沙丘

3

对于河流来说

这个世界

永远只是风沙星辰

4

有些地方人太多了

那里的河流需在深夜拜谒

上海滩

黄埔江

路灯昏黄

江上昏暗

一艘缓慢的货船

如同梦中的婴儿

5

浔阳江上浔阳楼

宋江反诗在墙头

长江苍茫

人世漫长

大丈夫在世

死则死耳

若不能青史留名

岂不辜负

这如江上雾气般

浩渺蒸腾的光阴

6

而将流水比成光阴

是多么不堪而软弱的内心

落花流水春去也

去则去矣

君子有坦荡之心

君子有奔流之志

君子有荡涤之灵魂

君子亦有藏污纳垢之胸怀

7

何处青山不埋身

何处流水不行舟

当涂江上捞月客

从此老妻守孤枕

8

在安徽

还有一条美丽的江

李白诗中也曾写过

她叫新安江

一条温婉如妻的河流
岸边洗衣的妇人
让旅途中的我格外想家
有的河流让人忽生豪放之志
有的河流却令倦鸟起归巢之心

9
不能衣锦还乡
那就客死异乡吧
河流不舍昼夜
漂泊者终会死亡
江边流连的我
在秋风中想起古人
不禁觉得身上发冷
赶紧打电话
订了返程的机票

10
可能是名字中水多的缘故
每到一处
必看此地的河流
迢溪清澈
海河肮脏
湘江饮酒

鄱阳吃蟹
东湖泛舟
洱海望月
最近的一次
去了永嘉和温州
在谢灵运的楠溪江上
要一个竹筏
竹筏之上
支一张躺椅
携半斤黄酒
躺在竹椅上
山谷中静极
水流声从身下传来
竟然睡着了
大谢啊大谢
如此山水
竟留不住你
蠢蠢欲动的心
非要去搞政治
结果被砍头了吧

11
笑完大谢
想想自己

不禁哂然

还不得回到千丈红尘中

为稻粱谋

山是山

水是水

我是我

今日有缘

借你来偷半日闲

拱手别过

老子还得上班去

12

清溪令人心生幽思

大河令人无言

我本就有点儿自闭

站在瓯江边

看浑浊的江水

漫不经心地流淌

更是觉得

就只看着它流过、流过

呆呆地看着

就意味着一切了

白云苍狗

年华老去

又算个屁呢

13

以前到外地

必找当地诗人一聚

吃饭、喝酒、聊天

可现在每到一处

却再无此心

跟谁聊

聊什么

为什么聊

我已不知道

中年了吧

聊不动了

越发沉默

就在这大河边

凭着栏

吹着风

意念在动

14

这个时候

河流就是宗教

我看它时的表情

定然是肃穆的
又何必再在佛前低头
做出一副小意的模样
生活如流水汤汤
逝者如斯
我在其中

2008.10.13

妻子想再生一个

妻子想再生一个
我拒绝
妻子说你想想
再生一个女儿
跟你最贴心了
我拒绝
妻子说再生一个嘛
又不要你带
不会让你太辛苦的
我拒绝
妻子说再生一个吧
你老了，多个人对你好啊
我拒绝
妻子说你这人怎么这样
真是个冷血动物
再生一个能把你累死还是能把你穷死啊
我拒绝

是否再生一个孩子
成了我和妻子不断争执的主题
她已筋疲力尽

我已头痛欲裂
那天晚上
在她美丽身体的环绕和无休止的纠缠中
我说我他妈豁出去了
今晚不戴套
怀上就生
怀不上以后就别烦我了
饱含情欲和愤怒
带着我不下地狱谁下地狱的悲壮
埋头苦干
喷涌的一瞬
眼前一群光屁股小人儿围着我舞蹈
个个都叫我爸爸
我仰头倒下
紧闭双眼
坚决不看
直到十几天后
妻子的月经如期而至
欣喜的是我
心中有大石落地
沮丧的是妻
眼泪在眶中打转

那天晚上我搂着伤心的妻子

两人说尽了心中的话
我对妻说
不要怪我
我确实自私
因为心中恐惧
我怕
我怕再一次去爱一个人
我的生命中已经有了你
有了我们的儿子
我爱你们
我觉得我已经用尽了我的爱
我不是一个愿意去爱别人的人
每爱一分
都在消耗和燃烧自己
我想留一点爱
给我自己
再生一个孩子
又要去倾尽全力地爱
我害怕这爱
我感到恐惧

妻子在我怀中哽咽
“我想再生一个孩子
也是因为恐惧

我害怕极了
我太爱我们的儿子
我怎么爱他都不够
我怕我爱他爱得太多
他会受不了
我也会受不了
我想再生一个孩子
让新的生命分掉我的爱
我害怕被爱灼烧
烧掉我的孩子
也烧掉我
我害怕这爱
我感到恐惧”

2008.10.20

每一幢楼里，都有一个弹钢琴的女孩

每一幢楼里
都有一个
弹钢琴的
女孩

我从未见过
她们中的任何一个

弹钢琴的女孩
从来不走到
阳光下

直到很多年以后
有一天
琴声突然终止
我才发现
楼房已经倒塌

我搬开瓦砾和砖石
看到一根
透明的手指

和我想象中一样

我怀抱爱情
将她拉出
亲吻她的白发
和皱纹深深的脸

2009.01.31

温暖的骨灰

父亲越来越苍老
令我感到陌生
既不像年轻时那样暴戾
也没有老年人应有的温柔
仿佛失去了人类的气息
像一个木头做的
摆在家里的盒子
这感觉令我惊恐
我试着靠近他
伸出双手感受他的温度
我在他的体内
握到了一把温暖的骨灰
这下我放心了
父亲，它就是你
如此轻盈
被我珍爱地
抱在手心

2009.02.07

令人迷恋的一生

有时候时间
会变成漩涡
生命中所有的时刻
集中在同一瞬间

我看到少女的你
竟然没有死去
在你中年的脸上
顽强地活着

下一分钟
岁月汹涌翻滚
日渐肥胖的下巴
倒映你苍老时的容颜

同一张脸上
三个女人在微笑
同一个晚上
三个女人安静地看我

少女的你

初恋的羞涩
被伤害的倔强
堆砌在此刻的眉眼

慈眉善目的
胖老太太
大彻大悟
仿佛皈依了佛教

我怔怔地看着你
你以为我起了邪念
那就将错就错吧
用这瞬间的接近

看到你纷呈而又消散的一生之美

2009

你的孤独

我爱你在人世间形单影只的孤独
我爱你衣衫单薄的孤独
我爱你被我紧搂在怀中无法逃逸的孤独
我爱你吻我时浸透舌尖的孤独
我舔舐着你的孤独
它像一条冰凉的蛇
我爱你在泳池中划动碧波的孤独
分开，又聚拢
仿佛你从未置身其中
谁比你更孤独——
真空中唯一的身影？

我爱你献身的一瞬紧张而勇敢的孤独
我爱你不甘心时愤怒的孤独
我爱你凝望着自己的孩子
静静等待他的成长和离你而去的孤独
这孤独太漫长
你在漫长的孤独中衰老
在更漫长的孤独中死亡
我紧攥着你的孤独
如同一个孩子
攥着母亲的衣角

2009.04.26

舞者

追光灯覆盖着舞者的灵魂
因不能逃避
而万般扭转的灵魂

你们伸长脖子
爱上了她的身姿
和蹁跹的美

一个少女
被强暴者覆盖时
那灵魂
也该是万般扭转的吧

晶莹的舞池上
舞者努力弹跃
自己曼妙的身体

欣赏舞蹈的人们
有的已被这美
感染得落了泪

一条濒死的鱼
在冰冷的砧板上
最后的弹跳
它也有着
柔软的身体呵

我不是故意扫你们的兴
我们都有舞者的灵魂
我们都有少女的屈辱
我们都有
待宰之鱼的
绝望

2009.04.29

再写家乡癌症村

污水仍然
如鼻涕流淌
死惯了亲人的
妇女们
已经不哭了
像干家务一样
麻利地拾掇完
丈夫的葬礼
又去田地里
守望今年的新麦
如果一个妇人的哭泣
可以换回她的丈夫
或者孩子的生命的话
这座癌症之村
该是一座多么巨大的
会哭的坟

2009.04.29

儿子与上帝

明明是夏日清晨
窗外白昼如洗
他却张嘴就来
“外面真黑呀！
我才不起床呢！”

白就这样
被他变成黑

明明是星期三
他却振振有词
“今天是星期六啊！
不用去幼儿园了。”

时间就这样
被他随意改变

“爸爸，我还没吃冰淇淋呢。”
“你不刚吃了一个吗？”
“刚才不是我吃的呀，
是一个外国小孩吃的。”

他轻易涂改了刚发生的历史
创造出一个外国小孩

哦，我的宝贝
充满了创世的欲望

却一次次
被我们拉回这唯一的
不可改变的世界

2009.06.06

美好的时刻

整整一个夜晚
陪儿子画画
一大盒子彩色的笔
涂满好多张纸
我画一只维尼熊
他画一个圆圈
直到他困倦
满足地闭上眼

后来每天
他都要拉我
陪他画画
但怎么也
找不到那一晚的感觉
儿子越来越烦躁
彩笔扔了一地
然后哭泣

看着儿子的眼睛
我感到疲惫
我无法告诉他

一个成年人的常识

美好的时刻

总是一闪即逝

2009.08.29

我喜欢那些颓废的人

我喜欢那些颓废的人
他们在月光制成的肥皂泡里闪闪发亮

我喜欢那些肮脏的人
像河滩上颗粒粗糙的石子，硌得我脚疼

他们仿佛随手抛掷着生命
却不知道自己有多迷人

我喜欢那些颓废的人
他们不爱和我这样的人讲话

我喜欢那些肮脏的人
甚至喜欢他们因肮脏而显得有点自卑

2009.07.02

飞翔与迈克尔·杰克逊

迈克尔·杰克逊死后
我一次次重看
他演唱会的影像
每次都深深为之感动

他把嗓音
修改得和天使一样
把身体
锻造成一片柔韧的羽毛

但他依然飞不起来
我因此爱他
飞翔一般起舞的倒影

2010.01.17

白玉兰

仿佛是从
寒冬的
暮光之狱
出走的
一群修女

洁白的身体
挣脱黑色长袍
迸涌而出
耀眼
如紧张的灯

2010.04.18

凶器

是我让她小巧的屁股变得圆润
是我让她圆润的屁股变得臃肿

是我让她鸽子般的乳房充溢奶水
是我让她爱摇晃的胳膊变得慵懒

我以为我修改了我爱的女人
并对此充满洋洋得意的内疚

哦，那在爱和暴力的溪涧山谷中
跃荡飞翔如猿猴的

其实不是我
是岁月

2010.06.24

老猫之心

有着小麦肤色
十八岁的少女

挺着两只
小秤砣般的胸

像挺着两把
青春的冲锋枪

从天而降
抵着我的心

将我从一场嘈杂的饭局
和一顿将醉未醉的大酒中

拐走
拐进透明的夜色

夜色中
透明的咖啡店

咖啡店里
透明的空气

空气里
透明的少女

纠结而仓促地
喝着咖啡

她的男友发来短信
催促她赶紧回家

她看我的眼神
有些不舍

或者说
是不忍

仿佛她在遗弃
刚刚捡来的

一只猫咪
可是我亲爱

善良的少女
你一定不知道

一只老猫的心
有多么残忍

比起一堆人的饭局
他当然

更喜欢两个人
的寂静

比起两个人的寂静
他当然

更喜欢一个人
的孤独

2010.06.26

少年时代的春节

那时的过年
有一种朴素的新鲜

夜晚的鞭炮
把旧的泥土翻开
露出里面
崭新的黑泥

穿着新衣服的少年
脸被冻成青色
甩着双手
朝镇子里走去

新的泥土和新衣服的味道
硝酸和硫磺的味道
我觉得好闻
又感到寂寥

2011.02.08

第六辑　星空之问

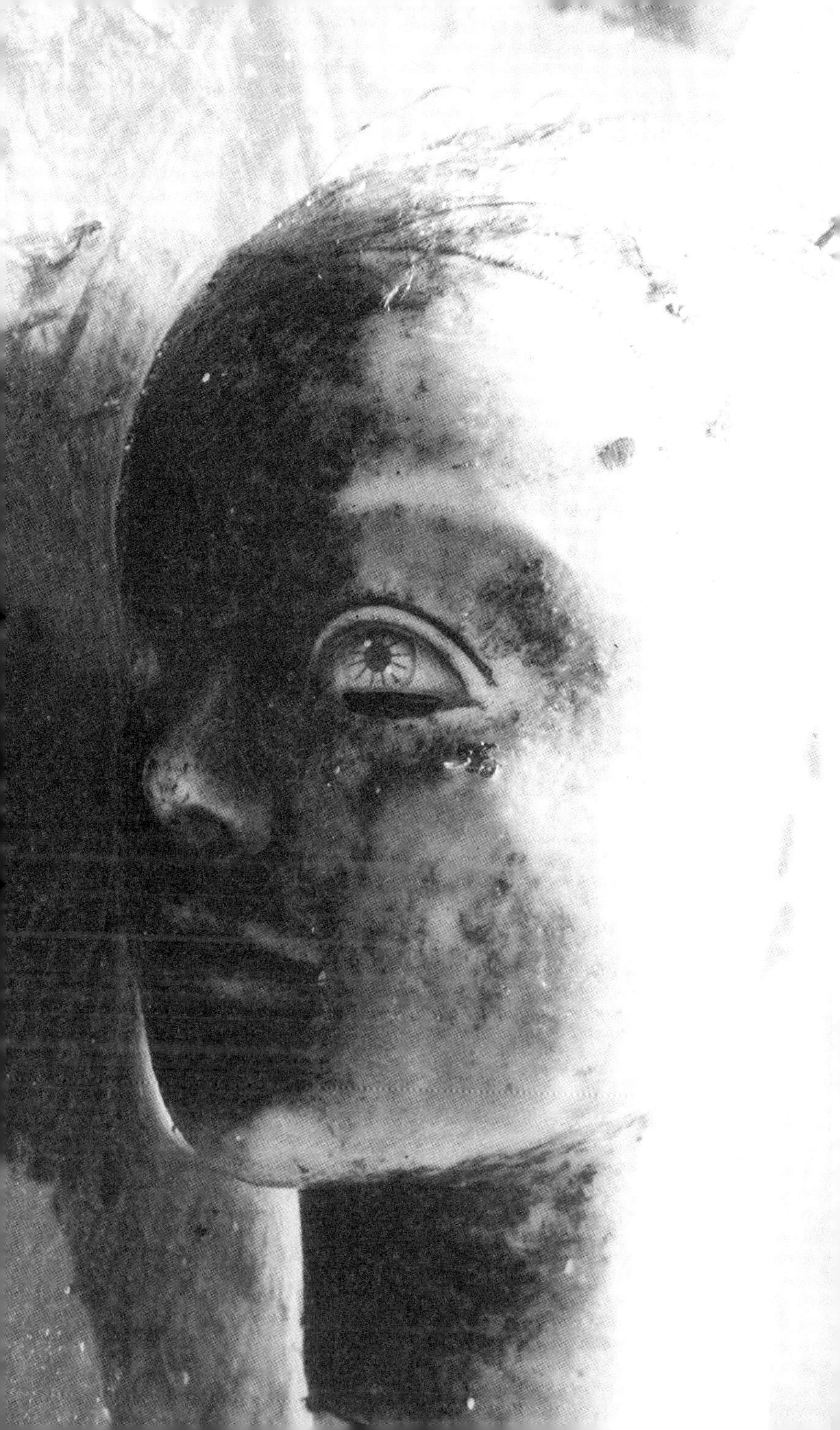

星空之问

一个人仰望星空
一个人面对宇宙无数光年的荒凉
一个人处在荒凉的核心
一个人被这荒凉的美包裹
此刻，我在罗纳瓦拉仰望星空
有没有一个遥远时间中的印度人
在同样的时刻，同样的地方
仰望这片星空？

但宇宙和星空
并没有发现我和他
这两个可怜的凝望者
——他们甚至参与了星空的转动
——他们甚至命名了太阳、月亮和冥王星
而那在时间中，和我一起仰望星空的他是谁？
一个僧侣，还是无望的贱民？
他看到了什么？美丽还是荒凉？

对于星空来说，我们都一样
对于我们来说，星空是那样的不同
他到死也不知道星空是什么

无知为他带来绝望与纯粹的美
但我又何尝不是无知的？

这些石头
这些发光的或者不发光的
有生命的或者死寂的
燃烧的或者爆炸的
已死的或者新生的
这些不系之舟
这些蜉蝣
这些孑孓

这些滚落在宇宙中无人享用的冻梨
这些茫然的雨滴
这些等待啼鸣的鸟喙
宇宙是一个墓场，群星如磷火
那些已经死去
尸骨无存的星星
此刻仍然，在我凝望的眼帘中闪烁
我伸出双手
被它烫成白骨

死亡永远严厉，不可亲近
死去的星星

死去的人
死亡没有秘密
在永恒的失去之中
我们仍需反复确证我们的存在
我是我？
我是僧侣？
我是无望的贱民？

这一刻，我们存在
上一刻，我们曾经存在
永恒的失去
证明了永恒的存在
证明了天空之永恒
宇宙之永恒
死去的星星之永恒
温暖和寒冷之永恒
你之永恒
我之永恒
母爱之永恒
严厉的父亲之永恒

也许我即那僧人
也许那僧人即我
也许我们都是

无望之贱民
我看到孤寂的我
苦修的行者
在人世中穿行
冷漠、无言，向着更深的时空
渴望一次灵魂的射精

或者把自己关进山洞
封闭所有的感官
关掉毛孔和六识
拒绝再看一眼这个世界
也拒绝这片世界的星空
他心中另有世界
如同熊熊烈火在燃烧
他朝黑洞般的身体里看去
身体里可有另外的星辰？

在更深的冥想中
他到底看到了什么而热泪盈眶？
为摆脱此生之绝望而要
摆脱覆盖在头顶的星空吗？
他要逃离
但他舍不得世人
他恐惧于病和死

无论如何
他都首先是一个恐惧于死亡的王子
但是僧人啊
人世间最大的悲苦不是病和死
而是被奴役和不平等

躲在深山中的老僧
从灵魂的山洞中爬出
满身白毛
瘦骨嶙峋
恍若濒死之老猿
抬头一看
星空仍在头顶
日出日落
星起星灭
大河奔流
牛羊吃草
冰山万仞
雄鹰唳叫
此生即世界
世界即此生

而我仿佛从梦中醒来
重新在罗纳瓦拉仰望星空

我们不是一块石头掉入大海
不是一颗星星死于孤寂
宇宙威严
像活死人的脸
有多少个宇宙
仿佛雕像林立?
一群神情痴呆的雕像
我们为何要把它们想象为慈祥?

哪怕我曾经是你和你们
是我和无数我
在轮回中
我们被最高的秘密指引
在宇宙中如尘埃翻滚
但你仍是你
我仍是我
哪怕短暂如光年中的脚步
如悲惨者一生中唯一的微笑

2016.05.07

心是一尊虚伪的神

我怎么知道
我的心
今天还在不在？

为何不
将它剖出来
用剪刀
修剪掉多余的部分

慢慢烘焙
制成一盏
琉璃的小灯

看它在火焰中
变得完美
听它爆裂

我怎么知道
那怦怦跳动的
是我的心？

是谁把它放入我的体内
谁让它长出了胡须
谁让它此刻微笑

像一个虚伪的神？

2012.02.11

它用石头，雕成泪水

高耸的
除了乳房
还有杀人的心
世界有时是硬的
它用石头
雕成泪水
有一些话
想从紧握的拳头中逃出来
但我忘记了
那是些什么话
长着怎样的嘴唇
在多么艰难的沉默中培育
指间全是泥
湿透了的泥
有一盏灯
在心里亮了一下
周围太黑
以至于
它亮的时候
我刚好在黑暗中
闭上了眼睛

2012.03.14

春天来信

——写给生活在广州的朋友

亲爱的朋友
你在南方还好吧
我在北京的春天给你写信
前几天
我在
苦熬岁月等待春来时
去过你们那里一趟
你带着零上20℃的优越感
接见零下1℃的我
指给我看
满街的绿树
我怀疑
你从来不知道
什么叫绿
绿
是从鹅黄开始
变为嫩绿
嫩得令人
心痛
然后翠绿欲滴

然后深绿

再然后

渐渐发黄

绿的一生

令人心颤

而你们的绿

仿佛一个

生下来就成熟的女人

永远成熟

你带着悲悯

让我在南方多住几天

因为北方的冬天

实在太漫长

但是我终于等来了

今年北京的春天

是3月28日来的

那天

一推开门

阳光温暖得像裹着蜜糖的箭

万箭齐发

攒在我身上、肉里、骨缝、心头

二环路边的柳树

一夜之间全绿了

桃花

迎春

梨花

樱花

那一天全都开放

你知道那是一种什么感觉吗

就像少年时一直暗恋的女生

失散多年

苦苦思念多年后

突然从天而降

站在我面前

还是心中最初的模样

我激动地

冲过去

抱着她

在她光洁的额头上

狠狠啵儿了一下

唉

这感觉

说了你也

不明白

2012.03.31

右边的月亮

深夜，树林
寂静的雷达轰鸣
就像在
密闭的机舱
猫头鹰带领我们飞
你将我遗留在
左边的阴影中
你在右边
看月亮
偶尔也会喊我一声
让我到右边
去看看月亮
可是我正在左边
看星星
贝壳
大海
云层像白色的沙漠
转瞬又变成
黑色的山
蚂蚁从我的眼睛中爬出
一口一口

咬破夜色

狼群和蝙蝠结为盟友

灌木般的爪牙

流血的翅膀

夜晚长满倒刺

如此漫长

猫头鹰已经死了九次

我双眼皆盲

右边的天上

飘满脸盆般的月亮

而你依然

不肯到左边来

2012.04.07

教堂墓园

在阿尔卑斯山脚下
寂静的教堂墓园
我遇到了一排排
花岗岩般
坚定的死亡
刚下过一场小雨
木制的十字架
纹理清晰得
像死亡抬起
干净的脸
死亡有身体吗
我用双手抚摸
死亡透明的身体
每一个小小的墓床
都是蔷薇编织的花园
永恒的祈祷者
匍匐在大地上

2012.04.21

下岗女工

1997年夏天
傍晚的泰兴汽车站
她站在人流中
像湍流不息的河边
一棵孤单的柳树

那是我第一次看到她
我是农村长大的孩子
对城里女人有天生的敏感
一眼就能辨认出她的矜持

我从她身边走过
她想喊住我
又有些喊不出来
我放慢步子等了等她
她终于跟了过来

小声地问我去哪里
可不可以坐她老公的车
没怎么讨价还价
三十块钱

从县城到我的农村老家

我记得她
她不记得我
第二年暑假回泰兴
刚从长途汽车下来
一拥而上拉客的男女中

她动作最敏捷
像入水的鱼鹰
一口叼住我的胳膊
嗓门大得
像沸腾的水铫

我失落是因为
一个农村孩子
对城里女人有一些根深蒂固的想象
她们身上有一种迷人的骄傲
她们的矜持里有一种好日子养出来的尊严

2012.05.22

云南上空的云

云南上空的云
像新疆的羊肉
一样肥腻
我想捏一把
云的肥脊

不是盐，透明是对云的侮辱
不是雪，花瓣是对云的侮辱
不是棉花，劳动是对云的侮辱
不是泼墨，写意是对云的侮辱

云南上空的云
自己站在自己的悬崖上
自己把自己
摔得粉身碎骨
自己在自己的海洋上
冲浪

云南上空的云
自己雕塑自己
雕塑的目的是通往永恒

但在云的世界
雕塑的目的像一个吻

吻过之后的吻
吻过之后
的吻
在哪里
云
就在哪里

云是空气的眼睑
云是小姨子的嘴唇

2012.05.28

在夏天时想起秋天

你是冰凉的舌头
冷静而又爱我的
女人冰凉的舌头
舔舐我满身的汗水

我是你赤裸的婴儿
干净而羞怯地站立

你是耐心的手
坚定的心指挥着
除草机般耐心的手
卸掉世界绿色的浓妆

我是你内心明亮的新郎
你环抱我不让我过于耀眼

你是金黄的嘴唇
你是辽阔原野般的小腹
你是浩荡飓风的长发
我在夏天等你来救我

我是人世中迷路的灰鹤
秋天在时间的密林里
命令我沉默

2012.07.15

我在你的身上寻找

——写给儿子

任何时候扭头看你
总是忍不住
像看一种
既神秘又亲切的事物一样
凝视
从你眼中长出的每一片树叶上
寻找我的痕迹
那些并不容易找到的我
像慢慢浮现的星星
一颗颗
被你擦拭得明亮
我在你身上
找到了一堆我
这让我有时欣喜
有时羞涩
有时又自责
而那些既不属于我
也不属于你妈的部分
让我激动又困惑
像是老天的新发明

又像是宇宙和你之间的

一个小秘密

在太阳底下

你新鲜得无解

2012.07.20

秋风十八章

1

高速路桥下的爬山虎
死死抱着夏天消逝的马腿
这个臭不要脸的小蹄子
不管秋风如何抽打
就是不肯变红

2

什刹海吃够了减肥药
现在安静了下来
带着一定要瘦下去的坚贞表情

3

四合院屋顶的衰草
猛烈地摇晃
悲凉得就像刑场上的志士
壮怀激烈的心

从来都深藏在风中

4

钟楼和鼓楼
是两台
声音嘶哑的
老收音机
年复一年

5

天空是一张
庄严的石磨
被磨损的灵魂
如同金黄的玉米
拥挤在磨眼里
它们将变成
飘浮在空中的东西
尘埃
或者光

6

有的阳光
洒在旧宫殿的红墙上
有的阳光
洒在柳树低垂的眉眼上
有的阳光
洒在我们身上

阳光均匀地洒在
所有伤痕累累的地方
无论洒在哪里的阳光
都像是过期的药水

7

像是被人一拳打飞
太阳被打入暮色
昆明湖被打入暮色
湖边伫望的行人被打入暮色
远处的西山被打入暮色

暮色四合
湖水渐冷

锦缎般的皮肤下
不肯死去的心

8

无论季节如何更迭
鸽子的表情永远不变
从春天扑棱棱飞到秋天
鸟类中亦有驯服的奴才
在盘旋中度过一生

9

宫门外站岗的士兵
又换了一茬新的
秋风吹着他们嘴唇上的细绒
在幽深的街道上笔直站立

10

秋天的阳光
看似温暖

但暗含着凉意

中年男人的爱情
也是如此

11

有的树木已经全黄了
有的树木，欲拒还迎地扭捏着
有的树木，孤独而疲倦地绿着

它们身上
积着同样多的灰尘

12

到底真的是正直和高大
因为尊严而辉煌夺目?
还是小公鸡般浅薄虚荣
给自己挂满金黄的勋章?
又或者是彻底没心没肺
心中永无悲凉兀自灿烂?

无论你如何解释
都不能阻挡
日坛公园门口
抖擞着精神的银杏树
在黄昏中
遍体琉璃，浑身璀璨

13

一百万只横行的螃蟹
从南方被绑缚京城
满肚子金脂银膏

大快人心啊
撬开他们的硬壳
切断他们的爪牙
翻开他们的大白肚子

14

风渐冷
菊花渐残
山色渐渐杂乱

雾渐浓
美人渐肥

夜渐长
月渐远
血渐淡
岁月渐苍茫

仇恨渐渐渐渐渐渐深
锋芒渐渐渐渐埋藏

15

冲天而起的
不是狼烟
是乡民在燃烧没用的秸秆
这时代
谁想当英雄
真是闪瞎了狗眼

16

一个半大的小伙子

挎着他妈的胳膊
目不斜视
踩得落叶沙沙作响

这是最好的时光
饱含着骄傲
男孩就要长成男人
母亲依然显得年轻
美丽、丰饶

男孩挎着母亲
肩并肩前进
没有别的男人能吸引母亲
她神情冷漠，令人心动

这是最后的时光
就像北京的秋天
短暂而脆弱
很快就将消逝

17

那些穿着灰色或者黑色夹克的人
那些穿着肮脏毛线衣的人

那些坚持着穿长筒丝袜的人
那些穿西装打领带和不打领带的人
那些把动物皮毛穿到身上的人
那些衣衫单薄的人

我看着他们
仿佛时间停止而他们
静止在永恒的此刻
像一块块温润的玉
微凉而有着好的沁色
紧贴在秋天的胸前

18

当秋天来临
如钟声响起
山上的寺庙中
晨起健身的老僧
使劲撞击着一棵树
落叶纷纷
时光碎了一地

2012.10.29

和贝多芬一样

如果所有的音符都是子弹
钢琴变成一架
缓慢但疯狂的坦克
贝多芬敲击琴键就扣动了扳机
火舌像雷电
覆盖他一生的敌人

他会杀死谁

他谁都不舍得杀死
甚至不肯杀死
埋葬他的
厄运

音符在天空中炸开如同焰火在花园
贝多芬先生自己欣赏着它们的美丽

我并不了解贝多芬
没有看过他的传记
之所以这么说是因为
我曾经仔细想过

如果我诗歌里的每一个字都是子弹

我会杀死谁

2013.02.08

白杨树上结鸦巢

冬天，从首都机场下来
眼前是我熟悉的灰白色空气
像一片巨大的沼泽
我开着车，鹤一样飘进
路两边的防风林
密密匝匝，长满年轻的白杨
这些凌乱而勇敢的标枪
在沉默中，尖尖地向上
串着一颗颗黑色的首级
我喜欢这些刺向空气的白杨
也喜欢这古战场般的苍茫

2013.02.21

她的月色

我对生一个女儿，并且看着她长大这件事
完全没有把握
我不知道这将是一个怎样的过程
如同月光在晚上，透过窗棂铺在客厅的地上
我沉浸在她的皎洁中
她仿佛只是来告诉我
世上有这样一种如水的光
将我照耀
但注定不属于我
有时我好奇地看着两岁的女儿
她每天都比前一天更强烈地吸引我靠近
我拥抱她娇嫩的骨肉
亲吻她杏仁般的脸
越是这样的时刻
就越是能感受到
我和她之间
有一种比上帝还神秘
比空气还透明的距离
这是一道温暖的深渊
如同太阳和月亮之间
如同月亮和我之间

我小心翼翼地感受

却不可能把握

她灵魂中的

那轮明月

她飞快成长，如同明月在天上行走

容颜每天都在改变

光辉越过我的手掌

洒满整个天空

她将战胜我如同战胜黑夜

2013. 03. 31

清明悼亡书

1

如果我只是旅人
就不会在
油菜花开的季节想起死亡
这是大地辉煌的时刻
沉浸在柔情蜜意中的女神
下雨一样从天空倾倒黄金
我是从这土地上长出来的人
知道芳香的花甸下
隐藏着多少潮湿的尸骨
我认识其中的一些人
了解他们简单的一生
这是中国人祭奠死者的季节
我每年都会回到故乡
携带锡箔和黄纸做的元宝
穿过油菜花丛
身上落满花粉
香喷喷地来到坟前
其实死者早已不在坟中
融为泥土或转世重生
但我依然每年都来

与其说是祭奠死者
不如说是看望死亡本身

2
油菜花每年都那么热烈
掌声一样
欢迎新人入土
这很正常
就像人来人往
每年都有一些最新的
我认识的人死亡的消息
像中彩票
永远猜不到
下一个中奖者是谁
死亡是一个集市
我认识的老人
挎着篮子去了
但更多的
是一些年轻人
他们开着车去

3
一遍一遍重温死亡
重温他们活着时的生命

但新的死亡鲜嫩得像春天的韭菜
以至于我常常会忘记
我到底是回来重温死亡
还是迎接死亡？
老的死亡，新的死亡
渐渐被忘记，慢慢退场的死亡
仿佛已经死了的死亡
和那些崭新得如同新生儿的死亡
死亡有着
死亡本身所拥有的生命
有的死亡老去
有的死亡诞生
有的死亡强壮得
像一头愤怒的牛犊

4

死亡掏出绿色的小手帕
蒙住人们的眼睛，让他们躺下
变成植物，重新生长
或者变成永不生长的
泥土和尘埃
谁能拒绝死亡灰烬般的吻
谁能挠着死亡的脚心
让它发出乌鸦咔咔的笑声

谁能透过死亡的锁眼
回看自己拥有过心跳的一生
爱情像珍珠
欲望像太阳
渴望自由的心
在大地上爬
死亡的锁眼正在旋转
房间里的一切渐渐消逝
母亲年轻时干净的脸
自己出生的那一瞬
被哺育的美
婴儿的脸上埋藏着
如何去死的全部密码

2013.05

那些疲惫的脸

那些疲惫的脸
那些疲惫的
水蛭吸够了鲜血
慢慢浮肿的脸

那些浮肿的脸
那些浮肿的
黄昏沉浸在恍惚中
慢慢晦暗的脸

那些晦暗的脸
那些晦暗的
灵魂填入磨盘
慢慢模糊的脸

那些模糊的脸
那些模糊的
眼神吐出气泡
慢慢幻灭的脸

那些幻灭的脸

那些幻灭的
乌云被光线驱逐
慢慢苍白的脸

那些苍白的脸
那些苍白的
人生被巨锤击中
慢慢粉碎的脸

那些粉碎的脸
那些粉碎的
绝望被时间舔平
慢慢麻木的脸

那些麻木的脸
那些麻木的
记忆泛起涟漪
慢慢忧伤的脸

那些忧伤的脸
那些忧伤的
水汽蒸发到空中
慢慢湿润的脸

那些湿润的脸
那些湿润的
土地长出青草
慢慢温柔的脸

2013.05.11

诗有时是小麦有时不是

如果你见过小麦
闻到过小麦刚刚被碾成面粉时的芳香
我就可以告诉你
诗是小麦
有着小麦的颗粒感
有着被咀嚼的芳香
这芳香源自阳光
如同诗歌源自灵魂

诗有时是小麦有时不是

如果你见过教堂的尖顶
凝视过它指向天空如同指向永恒
我就可以告诉你
诗是教堂的尖顶
有着沉默的尖锐
和坚定的迷茫
你不能只看到它的坚定
看不到它的迷茫

诗有时是教堂的尖顶有时不是

如果你能感受到你与最爱的人之间
那种永远接近却又无法弥补的距离
在你和情人之间
在你和父母之间
在你和子女之间
你能描述那距离吗
如果你感受到但却不能描述
如果你对此略感悲伤
我就可以告诉你

诗是我与世界的距离

2013.05.18

跑步

有一天早晨
我沿着牵牛花攀援的篱笆墙开始跑步

天空像一条青色的履带
我在地球上跑，我在天空里跑

我在跑，苹果树和我一起跑
白云像牛奶向下倾泻我们跑

肮脏的河流像一条小狗我们一起跑
把堤坝卷起来，把坦克装进口袋我们跑

麻雀从我的胸口飞出，它的叫声在跑
火车开进我的眼睛，像一条英俊的眉毛

跑过乞丐流着脓的中午
跑过穷人燃烧的双腿我们一起跑

柳树的枝叶在阳光下闪闪发光
像母亲的梳子在她芳香的发梢我们跑

孩子们带上你们的糖果我们一起跑
跑过太平洋和大西洋我们一起跑

抱着潜水艇胖胖的肚子
把它送给大白鲨当玩具我们跑

跑过悉尼和纽约，带上那些肚子太大的男人我们跑
玩帆板的白人和打篮球的黑人我们一起跑

跑过耶路撒冷，跑过叙利亚的玫瑰和波斯的菊花
用巧克力交换他们的枪炮我们一起跑

所有丰满的身躯都应该在天空中奔跑
不管她的脸上是否戴着黑色的面纱我们跑

我能跑过每一条河流和海洋
却跑不过任何一滴泪水

有时我看到天空之下全都是泪水
夜空旋转，每一滴泪水都是一颗星星

我踩着地球奔跑，在旋转的星空下我们跑
亲吻祖先从坟墓中睁开的眼睛我们一起跑

即使在干涸的苦难中，依然有心灵
可以用来哭泣，带上哭泣的心我们跑

带上那些被击碎的声带我们跑
带上村庄里所有的哑巴我们跑

我们跑因为喉咙里有愤怒的鲜花等待绽放我们跑
我们跑因为心灵里有海洋要淹没这人世我们跑

跑过子弹飞舞的黎明，跑过监狱被黄昏咬断的铁栅
带着鸽子和鹰我们一起跑，带着太阳和月亮我们跑

亲吻那些把脸埋藏在暴政之下的人
亲吻高原上磕着长头渴求解脱的信徒

他们的头颅深深地抵在大地的额角，来吧，我们一起跑
他们将成为天空中闪亮洁净和芳香的菩萨，我们一起跑

和前世的痛苦一起跑，和今生的悲伤一起跑
和往生后的极乐一起跑，和世上所有的寺庙一起跑

我在地球上跑，天空像一条青色的履带我们跑
我在天空跑，脚下踩着小小的地球我们一起跑

我踩着地球跑，像踩着小小的水车我们跑
像鸟儿踩着刚刚分娩出的热气腾腾的蛋我们跑

我在天空的深处跑，地球在我的脚下变小
像一颗泥丸，像一枚透明的心脏

我踩着属于我的透明的心在宇宙中孤独地跑
我要找一个温暖的洞穴，把它放进去，我在跑

像忙碌的上帝一样跑
像离群的羊一样跑

像时间一样跑，像轮回一样跑
永恒是一座荒凉的庙

隔世的我从庙中跑出
像从死中醒来

2013.08.19

纸船

我很悲伤
在这夜的温暖的流血的床上
握着你的乳房，我很悲伤

我很悲伤
亲吻你的嘴唇，我很悲伤
爱如刻痕令我悲伤
你如我心头之肉令我悲伤

液体般的幸福充溢宇宙
我将在此刻沉睡
睡眠像一艘纸船令我悲伤

我的悲伤来自遥远的星辰
那永不消失的
荒凉的气息
人生漫长爱将永存令我悲伤

蟋蟀的叫声被我遗忘
此刻我如此爱你，又如此悲伤
漆黑的纸船，漂浮在雪白的海上

2013.09.26

雾中王屋山

除了茫茫大雾
还有什么在此山中
不存在的山在大雾中
不存在的李白
在不存在的此山中
为不存在的神仙
清扫不存在的落花
不存在的杜甫
来此向不存在的李白
表达倾慕
我手握一把雾
寻找李白和杜甫
雾是不存在的存在
我在雾中
因此雾中有山
山中有人
谁在我心中
打了一个
唐朝的
喷嚏

2014.01.01

深夜进入一座城市

来自远方的寒冷旅人
穿过旷野和星辰
沉默是他的旅行箱
拖动时发出闷响

他走进城市的夜晚：
巨大的喉咙里
有一团粘稠发亮的痰
带着雾和汗的味道

路灯浇下它的显影液
漂浮的脸慢慢固定
像来自过去某个时刻
陌生人，你已无所遁形

他走进城市的梦
仿佛置身空旷的大厅
何处传来低沉的音乐：
你是唯一跳动的琴键

当音乐停止，城市醒来

陌生人，你这从荒野
走来的孤独灵魂
消失在涨潮时的大海

2014.01.12

冷玉

一块微凉的玉
被你贴在胸前
请别被它
此刻的温度迷惑
它破土而出
来到人间
被这世界
的体温吸引
而它自身
依然是冷的
一块冷玉
被你贴在胸前
鼓舞起所有
晶莹的勇气
想让自己滚烫
融化
变成热泪
变成石油
浇进你的身体

2014.02.10

恐惧

恐惧长着一张沼泽般的脸
我像一只陷入前腿的麂子

我像一只正在奔跑的麂子
恐惧就是脚趾上的捕兽夹

我不知道在和谁比赛奔跑
只知道鲜血正在流出身体

恐惧一旦来临就永不散去
我熟悉他如自己镜中的脸

制造恐惧的魔鬼站在远处
他文质彬彬脸上戴着眼镜

摊着双手仿佛什么也没做
眼镜就像沼泽看着我陷入

2014.03.22

奏鸣曲

每一次和你见面
都有一种惊心动魄的感觉
你的白发提醒我
见一次，少一次
死亡伸出晶莹的阶梯

我艰难地吞咽
你的白发
试图和你聊一些
无关紧要的话题
像在敲打
一台老钢琴

在灯光下
我觉得自己
像一个年轻的死神
腰里别着镰刀
死死摁住
你灵魂的黑键

听它嘶鸣、咆哮

刮起风暴

仿佛葬礼正在举行

2014.05.01

紫丁香与小提琴

街道的一角
绿树浴着紫霞
香味浓烈如酒
那是紫丁香吗？

音乐声响起
人间灯火明亮
天上群星闪耀
那是小提琴吗？

远处的山坡
高树绽开红花
少年攀上悬崖
那是木棉花吗？

歌声在风中
牛羊流淌乳汁
草原是一片海
那是马头琴吗？

黄色的小花

绽放在晨曦中
像太阳的乳牙
那是蒲公英吗？

送葬的队伍
乌鸦站在树上
雨水搅拌灵魂
那是唢呐吗？

那奔跑的是我吗？
那死亡的是你吗？
那是生命中有过的
紫丁香与小提琴吗？

2014.05.02

白鸟与银壶

1

一群白鸟
从湖面飞过
天空的蓝脖子上
多出了一串白项链

2

白鸟从湖面飞过
如果我不写下来
在我的记忆之湖中
就不会留下任何痕迹
如同我们喝茶时
你拿出一把小巧的银壶
白鸟从湖面飞过
银壶静止在桌面

3

我们坐在客栈的阳台
面对一片被称为海的湖面
生长在湖里的水柳
将我们眼前的水面围成一片

仿佛独立的池塘

几只鸭子在凫游

一只鹭鸶在柳树下吃鱼

一群白鸟从水面上飞过

4

白鸟用它们

高尔夫球般坚硬的白

把天空撞出了一个洞

5

是白鸟映照了银壶

还是银壶召唤出白鸟

在白鸟和银壶之间

你在斟茶

我在喝茶

时间像一排矮树

2015.03.17

你的乳房

你的乳房曾经是蓓蕾
我是闯进花园的莽撞少年
折下你的枝条
植物溢出鲜嫩的汁液

你的乳房曾经是松果
我是跳跃着啃食的松鼠
你的乳房曾经是地雷
我是抖着胆子偷地雷的人

你的乳房曾经是战场
我是浴血奋战寸土必争的士兵
你的乳房曾经如庙里的观音
洁白温柔，神圣饱满

我是看守庙宇的人
不是僧侣，但抱有使命
我必陪伴你的乳房
直到它们如植物变成炭

2015.04.05

在大理

春天射出燕子
白云丰满
想下雨

2015.04.26

关于永恒

火车向前奔跑
此刻时间也在奔跑啊
它与我们的奔跑是垂直
还是平行?
有着怎样的交叉?
有没有喊停的警察?

它比我们快还是比我们慢
它撞上我们
会不会出现车祸?
谁来测量时间奔跑的速度?
谁在更高的天空中
举着秒表?

此刻河流也在奔跑啊
鸟儿也在空气中奔跑
谁都没有终点
当我们试图停止
时间兴致勃勃
喊我们跟上

此刻耶稣已经跑回了马槽

蚯蚓已经跑回了泥土

蝴蝶已经跑回了庄子

连老子骑的那头牛

都已经跑回了河南

2015.06.13

十字路口

左边有一个亮着的红灯
右边有一个亮着的红灯
前面有一个不亮的红灯和绿灯
后面有一个不亮的红灯和绿灯

十字路口因此被照耀成了
一个广场
一幅拼图
一堆积木
一桌凌乱的麻将

有六十五辆自行车
车头向右
有三十二辆自行车
车头向左
它们都像瘦骨嶙峋的马

有一百个人
像木偶
有另外一百个人
在行走

有一个穿越红灯的人
像冲上舞台的小丑

有一万辆汽车
像有毒的蘑菇
开放在四条道路上

有一个天空
像输光金币的赌徒
有一片暮色
像一只巨大的蟾蜍

2015.06.13

抽象的海水

大海冲向岸边的礁石
海水顺着岩石的间隙冲进来
挤进来
游进来
像无数条银色的小蛇
钻进来
渗透进来
漾开
扩散
洇
布满石缝
银蛇乱舞般的潮水
夜晚
黑铁般的石头
像一幅当代艺术家
的抽象画
但它本身
就是象
自己从自己的象中
抽出象
像蛇从自己的身体里

抽出

蛇

星空下

一群

没有脊椎的

蛇

2015.06.13

东京的乌鸦

东京的乌鸦特别多
大约和东京的墓碑一样多
也许不能这么比喻
在东京
乌鸦是象征吉祥的鸟儿
大约和东京女人
裸露的小腿一样多
街道上落满
樱花树红色的叶片
洁白的小腿和黑色的鞋
踩在上面

2015.11.25

童年时的白雾

童年时的白雾
水汽弥漫我的脸

铅一样重的灰雾
雾里的人像骆驼

滴着煤的黑雾
狗在雾中寻找骨头

往回跑就能看到白雾
我们在白雾中捉迷藏

顺着灰雾一直往前跑
就能跑进沉船般的黑雾

丢失的孩子藏进黑雾
像石头被填进海洋

我认识他们
得癌症的得癌症

入狱的入狱
赶集一样

2015.12.20

出叙利亚记

西班牙捎给我一枚青橄榄
意大利送来玫瑰色的舢板
我的孩子们在海上冲浪
盐粒像白色蚂蚁爬满他们的身体
希腊递来一小片阳光
像一面镜子，里面有金色的房子
地中海已经给我发了签证
死神微笑着在上面盖了印章
通往德国的火车上
有几个空空的座位属于我和我的孩子

2016

无头仙人放牧歌

从舷窗远眺
富士山在天上
天气晴朗
肥嫩的白羊
奔跑向一碧如洗
蓝天的窄门
这是上帝赐予羊群
唯一的门
而群山像黑鲸
在羊的海中
围着富士山
飞舞
涌动
腾跃
匍匐
天空中的富士山
像一个
宽袍大袖
被风鼓舞的
无头仙人
放牧着鲸群

啊，群山如墨又如鲸，归于碧海仙人
而羊群奔走，咩咩哀告于上帝

2017.01.04

七夕

和三个美女
约在一家
环境优雅的
咖啡馆开会
开到傍晚
我提议
一起吃个晚饭
共度七夕
遭到了她们
异口同声
愤怒的拒绝
会议立刻
就散了

2018.08.17

2000年，我住在洋桥

有一天和她吵架
吵又吵不过她
她又不讲道理
我觉得憋屈
愤而离家出走
去了附近一家肯德基
如果她不打电话道歉
我就不回去了
从下午一直等到傍晚
也没等来她的电话
要不我给她打一个？
但没人接电话
我一直打
一直没人接
我有些担心
赶紧跑回去
打开门
她躺在地上
蜷成一团
烂睡如泥
旁边有一个

空空的酒瓶
我的天呢
她一个人
灌了自己
整瓶白酒
沉醉而睡的样子
可爱极了
美极了

2018.10.19

关于悲伤这件事

你早该明白
当你悲伤时
他人不悲伤
我也不悲伤
哪怕你的悲伤乃因我而生

我早就明白
当我悲伤时
他人不悲伤
你也不悲伤
哪怕我的悲伤乃因你而生

万物各行其是
一人悲伤如蚁

而那个看起来最悲伤的
乃是个单纯的傻瓜
他一路哭哭啼啼
以为万物
与他
同悲

2018. 08. 07

最近我有点儿伤心

按道理
应该写一首伤心的诗
我一伤心
就会抒情
我一抒情
就会有很多人鼓掌叫好
我一想到
他们为我的伤心叫好
就决定
写一首欢乐的诗

2018.08.09

我送佳人兮赤兔马

曹操把赤兔马
赠给关云长
这是一个男人
为了追求另一个男人
送出的
最珍贵的礼物
关云长
骑着他送的赤兔马
连夜逃离
过了他的五关
斩了他的六将
这就是
爱与不爱
的区别

2018.08.12

第七辑　理想国

理想国

那些名叫柏拉图的家伙
那些心眼坏掉的家伙
那些把自己当成国王和法官的家伙
那些梦想给人类
指明方向的家伙
那些肥胖而鲜艳的虫子
挥动隐蔽的毒毛
赶走狼和狮子
赶走绝望的少年
赶走淫荡的妇人
赶走疯子和乞丐
赶走小偷和强盗
赶走撒旦
赶走不听话的耶稣
赶走诗人
赶走我
别
无需你们驱赶
我只是过客
来瞧瞧你的家园是什么样子
我已经看明白了

理想国

不配住下我和疯子

2013.10.07

舌头重于灵魂

我们亲吻
舌头相抵
你的舌苔
有点厚
一次次的
亲吻
我越来越
心事重重

冬天
你又一次
把舌头
伸进我嘴里
舌苔
有些厚
黏
并且
冷
像一口
冰住了的痰

舌头重于灵魂
这是我不再爱你的
真实原因

2012.03.23

约翰不吃煮鸡蛋

离婚前不吃
离婚后不吃
将来再婚了
一定也不吃
约翰离婚
因为趁老婆出差
把女人带回家
过夜
女人走后
约翰像杀毒软件
一丝不苟地
扫描卧室和客厅
不放过
任何一根毛发
老婆回来后
迎着约翰坦然的目光
打开他们家
从不生火
尘封的厨房
发现一摊
有些新鲜的

煮鸡蛋蛋壳

约翰崩溃了

那个女人

不但自带安全套

还自带

煮鸡蛋

2012.05.28

烟民礼赞

有没有这样一种默契
就像青草见到阳光
自然就会生长？

有没有这样一种情感
交互然后分开
只留一点温暖的火光？

有没有这样一种美德
瞬间的馈赠
如一声简洁的鸽哨？

一个烟民在夕阳下徘徊
手里拿着烟
但是没有火

他看到街道的拐角
另一个正在抽烟的同类
就放心地朝对方走去

烟民之间有温柔的默契

其他动物永远不懂

2012.09.01

我想你了……对不起

2012年春天，我回江苏老家
亲戚带我去长江里的扬中县吃河豚
吃完后，当地的朋友非要拉我们去歌厅唱歌
我不喜欢去歌厅，无非就是
扯着嗓子乱号，每人再发一个
陪酒陪唱的小姐，借着酒意
捏捏摸摸搂搂抱抱，过点干瘾
发给我的是一个看起来很小的姑娘
长得倒是很精致漂亮
初中没读完就出来坐台，我没问她为什么
有什么好问的？没怎么上过学
又需要挣钱，不干这个干什么
她对我抱怨说她弟弟的学费全靠她
很多歌厅小姐都会这么说，博得客人同情
但我相信她说的是真的，她看上去
显得太小，小得单纯，单纯得
还没学会取悦客人，只是在我旁边
无聊地傻坐着。我没有动手动脚
不是我多么正人君子，而是她看起来太小
勾不起我那么脏的欲望
回北京后，她偶尔会在微信里跟我说话

但也没什么可说，再后来，就不联系了
有一阵子，她发了一些关于爱情的感慨
我想这姑娘大概恋爱了
昨天深夜，我打开手机刷屏
在一堆美食图片和美文链接中
看到她在人群里孤零零地不知在对谁说
“我想你了……对不起”
这句话在手机屏幕上，一堆热闹的话中间
显得很单薄，就像她瘦小的身体

2014.09.13

我不知道是不是因为爱情

柔软的腰身，低语的风情
她是一位诗人的妻子。丈夫小有声名，但
已没有她名气大
她是一位女诗人。越来越多的人，包括我
都觉得她写得好

她坐在我对面，努力地
想说服我：
“我丈夫的诗其实写得很好
我真的觉得他写得很好”
我感觉她就快要说：“我丈夫的诗写得比我好”

她差点就把这句话说出来

2014.09.13

我不会被恐惧吃掉

深夜，我突然想振奋地跳起来
大喊一声：
“我不能被恐惧吃掉”
是的，我可以恐惧
我正在恐惧
恐惧像空气
恐惧流着黑汁
但是
我不能被恐惧吃掉

我不能被恐惧吃掉
如同
十年前
对着这座塞满了人的城
对着满城被撕碎
又重新拼装起来的脸
喊：
“我不能被世故吃掉”

我不能被世故吃掉
如同

五年前
在越来越浑浊的
生命中
我惊怖于
已感受不到年轻时
那种身体的干净和透明
从嗓子深处喊出的那一声：
“我不能被肮脏吃掉”

我没有被世故吃掉
我没有被肮脏吃掉
我不会被恐惧吃掉

2014.10.23

高歌的人拎着嗓子

高歌的人拎着嗓子
说真心话的人，拎着通红的肝胆
烦躁的女人拎着头发
小时候过年，风尘仆仆的父亲
手上拎着一条大鱼
春天拎起全世界所有的冰
教徒拎着自己美丽的灵魂
对上帝说：瞧，我已洗得干干净净

2014.12.20

屠夫

屠夫家的房子被拆了
变成了一片绿油油的菜地
因为欠下巨额赌债，趁着深夜
他举家逃走，再也没回来
小时候，我常去他家看杀猪
猪被绑在凳子上，长长的铁锥
捅进猪的气管，猪血流进下面的木桶
从他家买的猪下水，好吃极了
他老婆又胖又白，两个大奶子是她的本钱
在村里陪人睡觉，当然是收钱的
这事儿屠夫也知道，不反对
屠夫自己，也睡村里其他的女人
其中一个，是童年领我玩耍的隔壁小姐姐
她刚刚长大，屠夫就迫不及待
夜里拔开她家的门桩，偷偷溜进她的房间
从此尝到甜头，常常深夜拔门
有一次，被小姐姐的弟弟发现
以为是小偷，捡起一把镰刀
叫喊着追到村头的小桥
屠夫实在跑不动了，停下来，叉着腰
喘着气说，别追了，是我

弟弟一看，只说了一声，原来是你呀
就呼着浓重的鼻息，各自回家睡觉了

2015.01.03

对牛弹琴

一个人，在林中，对一头牛弹琴
想想这个画面，是不是有点儿
孤独而美好呢？是不是还有点儿
隐逸的禅意呢？如果再有点阳光呢
一头牛，在阳光下吃草
有些事情，不能说与同类听
有些事情，不需要知音，但需要
一头牛。有人对牛弹琴，有人
对老虎讲经。我喜欢对牛弹琴的人
我喜欢琴声，胜过佛经
我喜欢牛，因为它听不懂琴声

2015.03.08

姐妹

她家的小母猫怀孕了
不知道是谁的种
可能是那只半夜跳进院子的黑猫
也可能不是
她不知道该如何给一只猫接生
有点心慌意乱
母猫生下了四只小猫
她觉得自己像当了奶奶
紧接着，她发现自己也怀孕了
她当然知道是谁的种
在电话里问他：“要不要？”
她看着原本像她女儿的母猫
现在她们更像一对姐妹
第二天她去人民医院做无痛人流
回到家浑身无力
还得给刚刚当上妈妈的母猫喂食
现在她们又不像一对姐妹了

2015.04.28

慢慢就不知羞耻了

十八岁的时候
有一次
揍了一个布厂的子弟
晚上
一群三十多岁的布厂工人堵在学校门口
等着揍我
翻越后门逃窜之际
既害怕又兴奋
哎呀，一群三十多岁的人
听起来好厉害
有一种成熟、强壮、经历过风雨的感觉
我渴望着自己的三十多岁
今年我三十八
已经经历了八年的三十多岁
知道软弱
比强壮更接近三十几岁的真相
比任何时候都深知什么是怯懦
并因此感到羞耻
但又娴熟地学会了
用成熟将这种羞耻埋葬
以至于慢慢就不知羞耻了

2015.05.08

坟粽

每次驱车
于华北平原的
高速公路
总能看到
路边防护林里
树与树之间
挤满坟墓
每次看到
这一堆堆坟墓
我都会想到
一锅锅粽子
以至于每年
我都把端午
当成清明

2015.09

父子球迷

一对父子
同时在我手机的
朋友圈里

巴塞罗那战胜了
拜仁慕尼黑
父亲在朋友圈里
高呼胜利
儿子也在朋友圈里
高呼胜利

就好像他们
仍然如儿子小时候一样
坐在家里的客厅看球

父亲在儿子的欢呼后面
点了一个赞
儿子并没有在父亲后面
点一个赞
就好像他们在客厅里
父亲搂住儿子的肩膀
儿子显得有些拘谨

2015. 05. 14

涨潮

夜晚的
大海牌牙膏
被青黑色的天空
挤压出一截
我用它刷牙
并吐出泡沫

2015.06.13

新长出的脸

他们死在
太平洋里的这座孤岛上
死在
这群年轻的台湾人脸上
从那些已经死去的
山东人、湖南人、江苏人、河南人……
紧紧聚集的尸骨上
升起新的
苍白、湿润的脸
像一颗颗
精致的星星

2015.06.27

陇头明月

陇头明月迥临关，陇上行人夜吹笛
但我在陇东、陇西、陇南
走了那么远的路
喝了那么多顿酒
却忘了看一眼，王维笔下的陇头明月
我只是看到了
彬县的苹果、长武的苹果、静宁的苹果
和天水的苹果
我只是看到了
固原的黄土、西吉的黄土、定西的黄土
和渭源的黄土
月亮照耀着苹果，也照耀着黄土
生长苹果的地方
人们的日子
比只有黄土，没有苹果的地方
过得好一些

2015.08.24

天水东柯谷的杜甫草堂
——赠鬼石、莫渡

草房已经残破
门框里挂着
巨大的蜘蛛网
只见蛛网
不见蜘蛛
只见草堂
不见杜甫
杜甫越爬越远
爬向秦州
爬向同谷
爬向成都和夔州
爬向荆州
爬向湘潭
无论爬到哪里
都吃不到虫子
杜甫死在
这张蛛网上

2015.08.23

崆峒山

山不在高
但是得有庙
崆峒山上有座庙
庙里有个老和尚
他忍不住伸手去摸
和我们一起前来的
奥地利人维马丁
胳膊上透明粗壮的汗毛
一边摸一边笑
像个好奇宝宝

2015.08.28

请代我向他问好

又一个我认识的漂亮女孩儿养了一只狗
她给我发来狗的照片给它起名字为它
洗澡带它散步睡在一张床上她越来越爱
她的狗她的心肝她的宝贝她的儿子甚至
恍惚中就像情人。

又一个多年的老友信仰了上帝无比虔诚
他给我发来他们一家三口围坐在一起
读圣经的照片我亲爱的朋友神圣严肃
他终于找到归宿找到活着的意义找到了
慈祥而严厉的父亲。

生活就是这样以前我吃狗肉现在再也不吃
我不能吃你们的儿子女儿或者情人的肉
以前我常常嘲讽上帝现在我保持沉默并且
适度向他表达敬意因为他是你们的父亲
请代我向他问好。

2015. 10. 25

我有一些愤怒

我有一些愤怒
我有
一些愤怒
我有一些
愤怒
我有一些愤怒像一口痰
我有一些愤怒
像吐不出来的痰
我有一些愤怒即使吐出来
你们也会认为
那只是一口痰
我有一些愤怒如果吐出来
我自己也会认为
那是一口痰
我有一些愤怒
它们不是一口痰

2016.01.20

戴眼镜的人

戴高度近视眼镜的人
不小心从一座桥上掉进河里
落水的一瞬他的第一个动作是
伸手在眼窝上摸索
他的第一声呼喊不是“救命”
而是——“我的眼镜没了”

桥上惊恐的人们也跟着大叫起来：
“他的眼镜没了
他的眼镜没了”

2016. 01. 20

括号里的孤独

孤独的事物因充血而肿大
（像是被谁揍肿了）
又因为肿大而倍感孤独
（像是被谁揍哭了）

2016.02.17

在圣方济各圣堂前

我喜欢那些
小小的教堂
庄重又亲切
澳门路环村的
圣方济各圣堂
细长的木门
将黄色的墙壁
切割成两片
蝴蝶的翅膀
明亮而温暖
引诱我进入
门口的条幅上
有两行大字
是新约里的话
“耶稣说：
我就是道路
真理和生命”
我想了想
在心中默默地
对耶稣说：
“对不起

这句话

我不能同意”

2016.03.15

感谢

弟弟发来信息
向我要银行账号
借钱给弟弟
就没想过要他还
更何况
他才借了两个月
上次遇到这种情况
是我姐姐
再上次是我表哥
都是刚借不久
就迫不及待地还
我曾经借钱给很多人
大部分时候
如同肉包子打狗
所以我要感谢
我的姐姐、弟弟和表哥
感谢我的亲人
让我相信人性

2016.03.29

父与子

我坐副驾驶席
父亲坐在后座
父亲说老家的土话
嗓门很大
我说普通话
父亲像一只喇叭
我像一堵墙
我们的交谈
磕磕巴巴
父亲开始捋舌头
费力地
将说土话的舌头
捋成普通话
但他的普通话
太蹩脚了
我们的交谈
更加困难
我觉得不能这样
就开始捋自己的舌头
想把它捋成
当年说土话的那条

我使劲捋舌头

父亲也在捋舌头

司机暴躁地按喇叭

马路乱成一锅粥

2016.04.10

罗纳瓦拉的清晨

鸟鸣声像药水滴进耳朵
披衣起床
走出门外
远远看到早晨的薄雾中
一个穿白衣的印度人蹲在河堤上拉屎
这幕景象我在奈保尔
关于印度的那些刻薄文字中
早就读到过
他在书中写道：
一排印度人
蹲在河边拉屎
边拉边聊天
如同在社交
我因此睁大双眼
引颈翘望
想看看还有没有别的拉屎的人
这才发现
原来我看错了
并没有一个穿白衣的印度人蹲在河堤上
而是一只白鹭
一动不动
站在那里

2016.05.03

老天知道我在写什么

我们去斋普尔的占星学院
拜访一位看星相的教授
教授戴着圆圆的眼镜
询问我们出生的时间和地点
他占卜的内容
和中国的算命先生差不多
——无非是财富、婚姻和寿命
为我占卜的时候
同伴告诉教授我是一个诗人
教授愣了一下
仿佛遇到了一个新课题
然后好像有什么信息哔一下
进入了他的灵感
他看着我，背书一样飞快地说：
“你写的是一种勇敢的诗
你的诗歌主题
是关于人性、现实和国家”
我当时就傻了
我的同伴也傻了
我俩不可思议地
互相对视了一眼

2016. 05. 18

去拉萨

从亚丁出发
开了三个多小时
路边有一个交通标志牌
上面写着
理塘，三十公里
拉萨，一千三百公里
我们的藏族司机格桑茨松
大喊一声：
“我想去拉萨”
我以为他在和我们开玩笑
就附和说：
“那走吧，不去理塘了
咱们去拉萨”
“可是我没钱啊！”茨松说：
“要是去拉萨
我要到十座寺庙去朝拜
要给每座寺庙的菩萨留点儿钱
给活佛留点儿钱
给喇嘛们留点儿钱
我算过了
哪怕只是一点心意

也得三万多块钱”

茨松叹着气说：

“我没有钱啊”

2016.06.18

美女之国

韩国街头
年轻的女孩
都会穿衣服
清新而时尚
都有精致的妆容
不淡也不浓
美女多得像
雨后的新笋
这是唯有
养得好
长得好
才能塑造出的
一代美女
（别告诉我她们是手术刀下的产品
手术刀塑造不出
她们的气质）
是她们的父母
把她们养得好
是她们的国家
让她们长得好

2016.07.12

乳房上的十字架

他把我的一句诗
翻译错了
女诗人正在吐槽她的
英文翻译
我写的是
胸口的十字架
她用手
在胸口比划着
他翻译成了
乳房上的十字架
怎么会是乳房呢？
乳房上
怎么会有十字架呢？
她一边说
一边用食指
在跳动的乳房上
画了一个
十字

2016.07.30

现在他们全都知道了

我目睹过很多人
失去他们的爱情
在失去的时候
他们都不知道
此刻失去的
是人生最珍贵的东西
没有一个人知道
任凭那些闪光的爱
化为昨夜烟花
我想起了我认识的所有
失去爱情的朋友
眼前浮现出他（她）们的脸
看到了那些缩成一团
悲伤的灵魂
现在他们全都知道了
包括我

2018. 08. 12

老二在唱歌

大学时一个宿舍的六个人
今年跑到山东枣庄聚会
晚上去一个酒吧喝酒唱歌
老五跑上台唱《把悲伤留给自己》
我听得直摇头说
老五唱得不行，这歌只能老二唱
老二闻言，得意洋洋地上去了
大学的时候，老二唱这首歌唱了三年
光着膀子甩着胳膊在走廊里唱
拎着水壶从水房回来时唱
坐在草地上喝啤酒时还在唱
二十年来这首歌一直萦绕在我耳边
现在他又上去唱了
声音还是那个声音
远远没有当年好听
他憋足了劲儿想把这首歌唱好
而当年他只是想唱

2018.08.05

男女有别

有一个女孩
从她十七八岁
一直到现在
三十多岁
一直都惦记着
把我给睡了
每次都是
公开说的
我虽然没有把自己
送去给她睡
但也没觉得
有什么不妥
她想睡我
并且说了出来
挺好的呀
有什么不对呢
但如果反过来
我想睡她
并且到处说
那就太下流了

2018.07.30

挽留

两个孩子
在国外上学
暑假回国
和我在一起的时间
也不多
再过两天
就要开学了
今天儿子
要去以前的同学家
晚上不回来
女儿吵着
也要跟去
我劝她在家待着
但她非要
和哥哥一起
我找不到
反对的理由
无奈地
笑着看她
女儿还小
当然不知道

她的爸爸

是在挽留

2018.08.11

两个世界

公司过道里
迎面走来一个穿黑T恤的男人
熟悉的脸令我想脱口而出
喊他的名字——摆丢
话到嘴边突觉不对
生生咽了回去
摆丢怎么可能会出现在这里
当然不是摆丢
他是销售中心的那个谁
那个谁来着
名字就在嘴边却一时怎么也
想不起

我的两个世界
总在不断碰撞
常常把我搞乱
这一次
属于诗歌的那个世界
赢了

2018.08.28

那当然不是他们友谊的开始

杨黎和陈云虎成了好朋友
经常在朋友圈互动
你为他写首诗
他为你写首诗
腻乎得很
大约十七年前
孤独的江苏诗人陈云虎
跑来北京找我
想参加一些诗人聚会
我带他去杨黎组织的废话派饭局
杨黎喝得微醺
看长发瘦子陈云虎不顺眼
挑衅道：“马瘦毛长”
陈云虎想都没想
对杨胖子反唇相讥：
“人胖鸟短”
我笑得都快昏过去了
那一局
陈云虎胜

2018.08.29

第八辑　灵魂之光

灵魂之光

和众诗人一起
到李白的衣冠冢前祭奠
我为领祭
诵读祭诗
刚一开口
就觉得整个人
像被什么吸进去了似的
陷入一种灵魂出窍般
不真实的状态
只听到自己的声音
环绕着音箱般的身体
整个身体都在使劲儿
心脏在颤动
周围一片静寂
诗人们围成半圆
在我身后
聚拢起一片凝固的空气
祭诗读毕
向衣冠冢三低首
诗人们这才
从静寂中抬起头

就在这时
李白冢前
树冠之上
以太阳为中心
巨大的彩虹圆环
显现于蓝天
又被阳光映照成
银色光环
如同桂冠
如同华盖
我确信
这是李白的
灵魂之光
显耀于天上

2017.05.08

自从十几年前当时还不是我妻子的女朋友不再给我做饭

我就再也没有吃过一顿带有爱意的饭

2016.07.27

诗歌奖

我给两个诗歌奖当过评委
两次都在候选诗人名单中
看到我的好友
轩辕轼轲的名字
轩辕轼轲是个好诗人
名气越来越大
我因此
看他越来越不顺眼
怎么哪儿都有你?
怎么什么烂奖
你都是候选人?
你不觉得这样
很丢人吗?
你不觉得得了这些奖
就更丢人了吗?
两次我都没有
把票投给轩辕轼轲
两次轩辕轼轲
都没得奖
我做得理直气壮
完全忘记了

类似的这种烂奖

我自己也得过几次

也都屁颠屁颠

上台去领了奖

2016.07.30

在金银滩草原拍动物

我喜欢拍动物
尤其喜欢
拍动物的脸
在金银滩草原
我追拍一群牦牛
——没追上
不远处有两只
拴着的藏獒
——太凶猛
我不敢靠近
扭头看见
女诗人君儿
安静地
坐在草地上发呆
我冲过去
用相机对准
但是
女人这种动物
会低头
还会
用手挡住自己的脸

2016.08.11

金色糖果

把自己裹得
像狗熊一样的
男男女女
冒着凛冽寒风
在僧人指引下
将一袋袋金元宝
倒进焚烧坑
烧给天上的神仙
金色锡箔纸
在阳光下闪耀
像一堆漂亮的糖果
火焰升起
空气变得温暖
求神拜佛的人
贪婪的脸上
绽放出孩子般
高兴的笑容

2017.02.02

情人节

两个单身女孩儿
一个二十二岁
一个三十岁
和我
我四十岁
一起吃饭
在情人节
前一天的晚上

“我到现在最爱的
还是我的初恋”
二十二岁的女孩儿
一脸不甘心地说
三十岁的女孩儿跟着说
“我到现在最爱的
也是我的初恋”
轮到我了
我说
“我他妈的
初恋已经死了”

三十岁的女孩儿噗一下笑了出来

立刻觉得不对

赶紧向我道歉

有什么可道歉的呢

2017.02.15

各得其所

他以一个赚到了钱的
成功人士的身份
嘲笑诗人的无能
鄙视他们不会赚钱
我以一个诗人的身份
骂他恶俗不堪
他以我客户的身份
通知我以商人的身份
创办的公司
停止一切合作
我觉得这样挺好
每个人都应为其言行
付出成本和代价

2017.02.25

当年认识的少女

当年认识的少女
如今都成了母亲
老天馈赠给人间
如此丰盛的礼物
大大小小的孩子
眉眼和她们一样

2017.03.11

路遇夕阳

低着头
往厕所走
远远看见
靠近玻璃墙的
大理石地面上
趴着一只
小猫一样
瑟瑟发抖的
火球

2017.03.20

有没有这样一种可能

他对被他认为
是真朋友的诗人
总有更高要求
除非对方写出好诗
否则他闭口不谈
或动辄批评
终于把对方
逼成了普通朋友

他对可能只是
普通朋友的诗人
没有什么太多要求
偶尔写好一些
就开始称赞
热情让人温暖
对方也就顺势成了
他的好友

如果就这样
循环往复
那该多有意思

2017.03.30

你太肤浅了

与一瞬的心动

相比

绞尽脑汁往下想

就意味着

肤浅

2017.03.30

作为一名外科医生

我擅长给人
做开颅手术
发现人脑中的
屎和黄金
有着相同的
形状、尺寸和色泽
令人肉眼难辨
有时看着是屎
其实是黄金
有时看着是黄金
其实是屎
但屎就是屎
黄金就是黄金
屎的味道
扑鼻而来

2017.03.26

寻人启事

男，名字我忘了
江苏省泰兴市古溪镇人
个子不高，一米六八左右
年龄大概在四十五到四十八岁之间
人民大学毕业，九六年在文化部上班
那年我在北京师范大学读大一
他以老乡的身份，跑到学校找我
他是怎么知道我在北师大上学的
我当年应该问过，但不记得了
这个陌生人，热情地请我吃饭
我一头雾水地看着他，不明所以
吃了一会儿饭，他对我说
“我爸年轻时追求过你伯母
听说你考到了北京，我来看看你”

2017.04.04

在灵隐寺看到一只猴子和一只松鼠

一群人在围观墙头的一只猴子
另一群人在围观树上的一只松鼠

佛和菩萨们端坐在
囚笼一样的房子里

如果所有人都消失
墙垣颓倒佛头长草

如果灵隐寺只剩下
一只猴子和一只松鼠

它们互相听着对方的心跳
就像听着松果掉在地上

2017.04.10

漂亮男人

他最大的悲剧在于
真把自己当天才了
从此只肯写
那种看起来像天才的诗
但到底什么诗
看起来像天才呢?
可怜的男人
活了大半辈子
一直以为是
要把句子写漂亮

2017.04.15

记一个刚刚死在狱中的朋友

有钱之后
他对他的老哥们儿
一个诗人说：
“我们好傻
把青春都献给了文学
你看赚钱多容易
多好的事情。”
他想了想又说：
“但是你要，好好写诗
需要钱，就找我。”

2017.04.11

在青岛对两位女诗人说

其中一位读完诗
我对她说：

你认为美的语言
恰恰代表着丑
请把这些丑陋的美
全部从诗中拿走

过了一会儿
另一位女诗人读诗
我又把这句话重复了一遍

2017.06.10

居士进城

南京郊外
狮子峰下
有定山寺
寺里有一个
年轻女诗人
两年前信了佛
到这里当居士修行
看起来卓有成效
把酗酒的毛病戒掉了
但烟没戒掉
穿一件灰白的褂子
看起来像僧衣
她说是居士服
我拉她进城吃饭
她穿着居士服就跟我去了
来到一条饭馆林立
人来人往的街道
她对我说等一下
站在马路中间
脱掉居士服
露出里面的白T恤

2017.05.20

我喜欢在诗里骂人

有时点名骂
有时不点名
不久前
我在一首诗里
不点名地骂了某些文艺青年
称他们为
“文艺小垃圾”
没想到
连远在南京郊外山里头一座庙里
当居士修行佛法的
女诗人旋覆
都以为
我骂的是她

2017.05.20

无题

日子一过好点儿
她就立刻变成俗人
日子又过差了
她马上又变回诗人

2017.05.05

我的光棍二叔

有一阵子
谁说二叔是光棍
二叔就会辩解：
其实我在外面有女人
我在徐州
宿迁
盐城
和常州
都有女人
又过了一阵子
他甚至告诉大家
他在徐州
宿迁
盐城
和常州的女人
都给他生了孩子
但自从他打不动工
回到村里
一直到他病死
也没有一个孩子
上门来叫爹

2017.06.12

狐臭

我老家那儿
人们歧视狐臭
把有狐臭的人
称为臭子
我从小
就觉得这是不对的
小学二年级的
一次课间
我对我的好朋友
一个身上明显有
狐臭味儿的男生说：
虽然你有狐臭
但我仍然
把你当成最好的朋友
此后十年
从小学
到初中
到高中
他一直是我的
同班同学
再也没有
搭理过我

2017.08.31

爸爸

怀孕五个月
她发现老公同时
让另一个女孩儿怀了孕
办完离婚手续
才哽咽着
给父亲打了个电话
告知一切
说自己想把
孩子生下来
父亲说了两句话
第一句是：
“孩子，别怕
留得青山在
不怕没柴烧”
第二句是：
“就算前面是火坑
爸爸也陪你往下跳”

2017.06.10

我其实不想这样

但就是控制不住
想起某些朋友时
闪起的第一个念头总是
他欠我的钱还没还

2017.08.29

观念与现实

最好的诗是裸体的
但观念与现实之间
有更大的真实
如果你见过
男浴室
女浴室
那么多的裸体
就知道
好看的没几个

2017.07.02

白雪撒在托尔斯泰身上

汽车碾过莫斯科街道的雪泥
我们经过了普希金的铜像
马雅可夫斯基的铜像
以及高尔基的铜像
现在，在我们右前方
白雪正撒在托尔斯泰身上
谁能征服这样一座城市呢
拿破仑不能
希特勒不能
斯大林也不能
谁能毁灭这样一座城市呢
——就算是俄罗斯人自己
也不能

2017.12

爱情和友情

从莫斯科地铁出来
迎面是风雪
台阶上的雪
部分冻成了冰
前面的人在喊
太滑了
小心脚下
我和韩东
落在队伍后面
小心翼翼
下台阶
韩东的夫人鲍彦颉
和轩辕轼轲
站在台阶下
看着我们
等到老韩的双脚
迈出最后一个台阶
鲍彦颉才一下子
把脸转向前方
现在只剩下轩辕轼轲
还在等我

迈出下台阶的

最后一步

2017.12

李寒和他的俄语

我女儿有多大
我就离开俄罗斯多少年了
——李寒

十六年后
李寒再次来到莫斯科
俄语从他的舌头上兴奋得直往外跳
跳到街上的风雪中
不肯让李寒回酒店
这是李寒的异国
却是他舌头上俄语的故乡
回到故乡的俄语扯着李寒的舌头
李寒一直不停地讲俄语
再过几天
李寒将回到石家庄
只有在酒后
舌头上的俄语才像冬眠的蛇一样苏醒
逼着涨红脸的李寒
为酒桌上东倒西歪的中国人
唱那首苏联老歌
——《莫斯科郊外的晚上》

2017.12

俄国恋

几个中国老男人
来到莫斯科
东张西望
渴望找到一个
名叫冬妮娅的女孩儿
满大街的俄罗斯人
都对他们摇头
说我们这里
没有这个人

2017.12

俄罗斯

庞大的帝国
像一块铁饼
帝国的少女
羞涩如蔷薇

2017.12

口水诗

什么是诗的最高境界?
我见过
就是那种
一口唾沫
就像一颗钉子的诗
言出法随
说出即诗
我在谁的诗里见到过?
——1960年代以后
晚年的
阿赫玛托娃

2018. 10. 23

我妈和我儿子

早晨
我妈对我儿子说
“我有一个建议
我建议你每天早晨起床后
不要立刻打开电脑玩游戏
可以出去走走
或者看看书”

“我不接受
这个建议”
我儿子说

我妈气坏了
涨红了脸
不理我儿子

哦我觉得
我妈已经
有了很大进步
知道用建议
而不是命令

她只是还没做好
既然是建议
就有可能被拒绝
的心理准备

2018.09.12

我的老朋友，我的好朋友

“小沈，我喜欢上那个谁谁了”
她兴奋地告诉我，眼神发亮
“小沈，我又喜欢上那个谁谁谁了”
她像找到了一件新玩具
“小沈，我和那个谁谁好了”
“小沈，我有新男朋友了，你认识，你猜是谁”
我的老朋友
我的好朋友
每次都那么兴奋
每次都陷入热恋
每次都薄情寡义
每次都喜新厌旧
“你已经换了多少男朋友了？”我问
“三十八个了。”她扑哧笑
后来有一次我在酒吧遇到她
她喊我，“小沈，我遭报应了”
我以为发生了什么大事
原来她被一个男人甩了
这是她第一次被男人甩
“哎呀，小沈，我遭报应了”
她的眼神仍然发亮

好像还是在说

“小沈，我喜欢上那个谁谁了”

2018.08.24

想想而已

看着他们给我发来的照片
照片上有五个胖子
我已经有二十多年没有见过这五个胖子了
其中两个我已经忘了他们是谁
我不是不想坐回他们中间

就好像我不是不想在八月二十日那天
出现在表侄女的婚礼上
她已经出嫁了
上次见她时
她还是个小姑娘

就好像每次出差去上海
我不是不想去我大哥家坐坐
和他聊聊天
我一直到去年才知道
他是一个认识很多花草的男人
我不是不想和他聊聊花草

我不是不想再去一趟香港
到她的坟前献一束花

不是玫瑰花

也许只是一捧雏菊吧

2016.09.01

季节

有人在东京
看樱花树上掉落的叶片
血一样殷红
有人在北京看雪
鼓楼东大街的槐树
每年都会压断一些枝条
落在泥泞的街道
有人在飞机上看云
白云像雪
也有深深浅浅的坑
像是被谁踩的
明年春天
槐树会长出新的树枝
大街上人流汹涌
没有一个看上去像死者
没有人死过
不是吗？
没有枝条从树上断开
士兵们从摆满鲜花的广场
向我们走来
闪亮的靴子没有踩在血迹上

地球上没有叙利亚
也没有巴勒斯坦
巴黎平静，音乐厅里
没有枪声
靖国神社的樱花又将开放
穿灰色职业套装
和黑色丝袜的女人
簇拥在樱花树下
一年年向她们的英雄鞠躬
那些年轻的生命
短暂如流逝的樱花
他们曾在远东杀人
南京有过屠杀

2015.11.25

在荷兰的哥伦比亚人

研究中国文学的女博士丹娜非常热情
邀请我和尹丽川
住到她家里
丹娜的男朋友
是一个哥伦比亚人
也住在丹娜家
没有出来欢迎我们
丹娜对我们说
他正在写论文
关于南美洲人权的论文
我们住二楼
丹娜和哥伦比亚人住一楼
二楼的洗手间里
有一个崭新的铁皮标牌
上面用汉语写着
“请勿随地吐痰”
直觉告诉我
是哥伦比亚人干的
每次我们下楼
哥伦比亚人都在客厅的电脑前
奋笔疾书

表情非常严肃

从不搭理我们

过了两天

他要飞去瑞士

参加一个关于南美洲人权问题的研讨会

上午出门

下午就回来了

瑞士人看到他是哥伦比亚人

怀疑他会携带毒品

拒绝他入境

2004

从美国回来的华裔女性

她有光辉的履历
当过美国某市的副市长
在中国当然也就
像一个上流社会的名流
穿梭在各种社交场合
某次晚宴上我问她怎么看川普
一下子就点燃了她的怒气
她太讨厌这个粗俗的总统了
“但不是你们美国人把他选上去的吗”
她愤怒地说
“选他的都是穷人
美国有很多穷人
这些没用的人
他们选了这个混蛋”
我听得瞠目结舌
她仍然怒气未消
“那些穷人根本不关心这个世界
当我们在为变性人争取权益的时候
当我们试图让公共厕所不仅仅有男厕所女厕所
还应该专门设有变性人厕所的时候
他们只关心自己”

这位华裔美国左派

当过副市长的女性

几乎被自己和自己所属阶层的高尚情操感染了

对着我慷慨陈词

告诉我她所关心的事情

代表着人类文明的方向

而那些美国穷鬼完全无法理解

2018.03.22

蓝棣之教授

蓝教授邀请我
去清华大学
朗诵诗歌
我那首诗很长
脏话太多
蓝教授听不下去了
想制止我继续
念下去
我不肯
他在后面追
我在前面跑
握着话筒跑
边跑边朗诵
我们俩在礼堂的讲台上
演二人转一样
读完了那首诗
多年之后
想起此事
忍俊不禁之余
觉得应该感谢
蓝棣之教授

喊我去读诗

并且让我

读完了那首诗

2018.06.15

与奥斯维辛无关

写诗本来就是野蛮的
它从不赞成秩序
绝不容忍自己
臣服于文明

2017.06.29

神迹

目睹了一场
通灵的神迹
更坚定了我
要写生而为人的诗

2017.02.24

衣冠冢前祭李白[1]

汝是何人？
汝从何处来？
碎叶、巴蜀还是陇西？
谁能证明你姓李？
谁知你是何处之野人，
谁家之杂种？
你想干什么？
为何拔剑四顾心茫然？
为何好为大言？
为何飞扬跋扈？

汝，一州笑你为狂客
你多牛啊。
汝，我本楚狂人，凤歌笑孔丘
你太牛了。
汝，俱怀逸兴壮思飞，欲上青天揽明月
你吹牛吹到天上去了。

1 丁酉年四月十一于江油青莲镇李白衣冠冢前，与前来参加“新世纪诗典”李白诗歌奖颁奖诗会的众诗人共祭李白，作此祭文，并领诵之。

汝，三千年第一狂徒也。
不见李生久，佯狂真可哀
杜甫懂你吗？杜甫不懂你。

汝想十步杀一人，千里不留行；
汝想封侯拜相，汝想荣华富贵；
汝想深藏功与名，事了拂衣去；
汝想成仙，汝想长生不老；
汝想囊括大块，汝想与宇宙一体；
汝啥都敢想，汝把天上地下宇宙间的好事儿想绝了。
汝就是想牛，汝不止是想牛，
汝是真以为自己牛。
汝就是想飞起来，小小寰球，如何装得下你的心？
装不下，怎么办？
我歌月徘徊，
我舞影凌乱。

汝想荣华富贵，
奈何飘零二十年。
汝想仰天大笑，
转眼就被驱赶。
汝想求仙得道，
奈何老天不收。
汝想东山再起，

奈何放逐夜郎。

汝想济世安邦，

奈何世人欲杀。

汝所热望的一切，

全都得不到。

富贵与神仙，

蹉跎成两失。

汝，无来历，无身份。

汝，再也回不去故乡，永远回不去故乡，因何回不去故乡？

汝，何处之野人？谁家的杂种？

汝，无家可归，无枝可栖，上天入地皆无门。

汝，永在天地间飘荡的野人。

汝，家在酒中，魂在月上。

汝，大鹏一日同风起，你哪里是大鹏？你是宇宙中，一只无足鸟。

汝，欲砸碎黄鹤楼乎？

我来陪你砸

去他的仙之人兮纷纷其来下。

汝，欲推倒鹦鹉洲否？

我来陪你推

这狗屁的不称人意的山水。

汝，想往鲁儒脸上吐痰否？

我来陪你吐

腐儒岂知狂客心
我来陪你笑孔丘
汝可愿掀了那谢安石的坟？
汝可敢拔了那鲁仲连的舌？
人间英雄事
与你有何干
鲁仲连，谢安石
安能与你光耀万古的诗篇相比肩？
人生在世不称意，
明朝散发弄扁舟，
可也。

汝是三千年未有之大天真人，
天真即诗。
汝是三千年未有之大活泼人，
活泼即诗。
汝是三千年未有之大浪漫人，
浪漫即诗。
汝是三千年未有之大单纯人，
单纯即诗。
汝即诗。

北冥有鱼，其名为鲲。
鲲之大，不知其几千里也。

化而为鸟，其名为鹏。

汝非人间之鹏

汝乃吾中华世代诗人之鲲鹏。

魂来枫叶青

魂返边塞寒

我其实知你

更爱这人间

2017.5.6

特辑　哀歌响起的旅程和一首回忆的诗

哀歌响起的旅程

你一定要好起来

癌症如毒日
灼烤我的心
原本猛烈跳动
如果实般的心
被烤成一片
焦黄的树叶
思念是一只
小而残忍的虫子
重新钻出来
一口一口地咬
你一定要好起来
只有你好起来
我心上这些
被虫子咬出的洞
才能再次愈合
我也才能
继续忘记你

2015.01.17

想起你的病情

我浸泡在空气的深水里
你的病，像我脚下
躺着的一头，石头般的鳄鱼
时不时张开嘴，令我觉得恐惧
它只要不咬断我的腿
你就是平安的

2015.02.02

我以为我不会那么悲伤

我以为我不会那么悲伤
我以为你已经离我很远
我以为我曾经的，对你的思念都是
自我感动的假象
在某些瞬间
我甚至以为我并没有真的爱过你
我以为我不会那么悲伤
你告诉我正遭逢厄运的那天
我就做好了最坏的准备
残忍地在内心排练
排练的结果是我以为我不会那么悲伤
我曾经见过那么多悲伤
我以为我能够面对死亡
你曾经是我的梦想
我以为你早已不再是我的梦想
可是刚才
你病危的消息传来
我怔怔地看着手机屏幕
还没有来得及悲伤
已哭得不成人样

2015.02.08

我在等待什么?

好像是在
眼睁睁地
看着心里最深处
什么东西正一点点破灭
是一个泡沫吗?
我的青春、爱情和梦想
凝结成的泡沫?
但是生命
怎么会是
一个泡沫?
我什么都做不了
——除了等待
我在等待什么?
——等着听那
最后的
啪的一声?

2015.02.08

我已经后悔了

你在南方
我在北方

所以我放弃了爱你

你结婚了
我也结婚了

所以我放弃了爱你

我爱我的妻子
也许你也爱你的丈夫

所以我放弃了爱你

你有了两个女儿
我有一个儿子一个女儿

所以我放弃了爱你

我很忙，很疲惫

你也要照顾你的家

所以我放弃了爱你

不能在伦理上占有
不能在身体上占有

所以我放弃了爱你

十八年
只见过你两次

我其实是放弃了爱你

我是把爱等同于占有的那种人
不懂得爱的其他可能

现在我已经后悔了

经常见见面也好啊
经常聊聊天也好啊

知道你过得怎么样
听你吐吐苦水也好啊

像君子之交那样

爱着也好啊

既然你在这个世界上

我也在这个世界上

为何不是一点爱意相连

为何非得是一片空白呢？

2015.02.08

你的生命正流失在那条黑色的幽径上

2月8日，中午
你的闺蜜给我发来微信

你的生命正流失在那条黑色的幽径上

2月8日，中午
我的双腿如被鳄鱼咬断，怎么也站不起来

你的生命正流失在那条黑色的幽径上

2月8日，中午
听到自己的哭声，我才知道自己在哭

你的生命正流失在那条黑色的幽径上

2月8日，下午
订了18点30分飞香港的机票

你的生命正流失在那条黑色的幽径上

2月8日，下午
和相约的朋友聊热闹的话题

你的生命正流失在那条黑色的幽径上

2月8日，下午

努力在应该笑的地方笑出声来

你的生命正流失在那条黑色的幽径上

2月8日，下午

既像逃跑又像追赶似的奔赴机场

你的生命正流失在那条黑色的幽径上

2月8日，晚上

飞机像炸弹载着我失重的心

你的生命正流失在那条黑色的幽径上

2月8日，晚上

航程漫长，机舱安静，关于你的往事像蜘蛛吐出的丝

你的生命正流失在那条黑色的幽径上

2月8日，晚上

跨过了好多大桥和隧道

你的生命正流失在那条黑色的幽径上

2月8日，晚上
每一块路牌上都有箭头指向“沙田”

你的生命正流失在那条黑色的幽径上

2月8日，晚上
我来干什么？我来看望什么？我来说什么？

你的生命正流失在那条黑色的幽径上

2月8日，深夜
越过无数路牌，终于到了沙田

你的生命正流失在那条黑色的幽径上

2月8日，深夜
我知道不会有奇迹发生

你的生命正流失在那条黑色的幽径上

2月8日，深夜
我没有听你的，你不愿我来，怕我看到你难看的样子

你的生命正流失在那条黑色的幽径上

2月8日，深夜
如果我不来，会终生后悔

你的生命正流失在那条黑色的幽径上

2月8日，深夜
怎么还没到？我问司机，他冲我翻了个不屑的白眼

你的生命正流失在那条黑色的幽径上

2月8日，深夜
我曾见过你最美的样子，我知道你有多美丽

你的生命正流失在那条黑色的幽径上

2月8日，深夜
医院大得像迷宫，我陷入了沼泽

你的生命正流失在那条黑色的幽径上

2月8日，深夜
没头苍蝇般在各种病区乱窜

你的生命正流失在那条黑色的幽径上

2月8日，深夜
走进了你的病房

你的生命正流失在那条黑色的幽径上

2月8日，深夜
我看见了你

你的生命正流失在那条黑色的幽径上

2015.02.11

绝望的比赛

你仍在呼吸
只剩下呼吸
在毫无意识中
拼了命地想活
氧气成了
你的唯一
救命稻草般的唯一
你仍在呼吸
只剩下呼吸
死神要从你的鼻孔里
拉出你的命
你紧闭双眼
拼尽全力
仍在呼吸
只剩下呼吸
死死拉着
自己的命

2015.02.11

我的心中埋着一口钟

我的心中
曾经有一口钟
钟摆上悬挂着一轮红日

你就是那轮红日
当你摆动，我就拥有了
灵魂的日出和日落

它慢慢变成一口旧钟
天长日久，我已经忘记
心中埋着一口钟

当钟声重新响起
残破的钟摆上
挂着一枚蓝色的月亮

你的灵魂已在天堂
蓝色的月亮
悬挂在无尽的海上

2015.02.11

最后的光

你正在
溃散
这群时间的白蛾
从你身体里
飞出

教会的姐妹
在你床前
温柔地唱着
摇篮曲般的
赞美诗

但你已
听不见
溃散的灵魂
凝聚成
一只金翅雀
展翅
飞出

灵魂向上

时间向下
一群白蛾
缭绕在
金翅雀
飞翔的羽翼下

刚刚从
蛹中飞出
一只
静止的白蝶
停在
你的脸上

赞美诗的声音
融汇进
最后的光

2015.03.05

同一片河流

四年前，在沙田
我张开双臂，迎接女儿来到人间

四年后，还是在沙田
站在你的床头，目送你离开人间

暮色中的城门河
有时像蜜，有时像苦水

我们确实不能
踏进同一片河流

2015.02.14

城门河水流向海港

城门河水流向海港
波浪越过暮色
向前翻滚
比一切生命都健康，绵长

所有的生命都在流淌
青春追赶着死亡
新的生命，旧的生命
在翻滚中我们倾听灵魂的合唱

我目睹你的灵魂
被吸进透明的漩涡
被粉碎，又被重新吐出
回到这条河流

我们都在这片波浪中
怀抱爱意，流向海港
爱只要发生
就永远不会消逝

生命只要曾经存在

就永远流淌
我的灵魂像一条滑溜的黑鱼
你的灵魂分散成

无数条细小的水藻
在时光的河床上摇曳
我触碰着你破碎而纷散的灵魂
回忆你活着时美丽的容颜

2015.02.14

那是你唯一留给我的

我们是怎么走进那间
漆黑，停电的乒乓球室的？

我的双手流着汗，伸向你
除了黑暗，我们之间没有别的事物

你的心跳动着，跃向高处
一颗高速旋转的乒乓球

二十年后，我仍然没有接住
除了黑暗，我们之间

再也没有别的事物：
你的笑声，和温柔的鼻息

时间是一间漆黑，停电的乒乓球室
我的双手流着汗，插入死亡的电流

世界疼得发亮，我闭上眼睛，倾听你
二十年前，遗留在黑暗中的心跳

2015.03.05

今天是你的生日

格外精心
给你准备礼物
亲手做了一张贺卡
红墨水
蓝墨水
和很多很多话
在一张硬硬的纸板上
寄给你
那是我第一次
也是最后一次
对你说
生日快乐
在整整
二十年前
今天又是你的生日
我想对你说
生日快乐
但又不知道
在另外的世界
还有没有
快乐

和悲伤

这样的东西

我甚至不知道

你现在

是完整的

还是破碎的

死亡就像

你放的一把火

把时间

烧成了灰

每年的今天

都是一粒

灰烬

2015.03.06

另一首回忆的诗

我在你家喝啤酒

我在你家喝啤酒。那是多少年前？
不要计算时间，不要惊动那些蝙蝠。
我记得你母亲的样子。后来再没见过。
你的死亡对于她，意味着人生再无
值得骄傲之处。作为一个完美的女儿
你不仅美丽动人，还必须懂事和温顺。
只有在母亲看不见的地方，你才奔跑
像一只欢乐的小鹿。她没能目睹你的死。

我在你濒死的床头。你的父母都不在。
你心爱的两个女儿也不在。你不想
让她们看到你临死的模样。你的丈夫，
你的婆婆、丈夫的哥哥、嫂子、妹妹，
一群人环绕着你，等待死亡的降临。
我这陌生而意外的来客，此刻仿佛
代表了娘家人。你婆婆向我赞美你，
说你是完美的媳妇，融入了他们的家族。

我在你家喝啤酒。夏天的庭院滚烫。
青瓦的房屋衰败而清凉。没有厕所，
只有一口无遮挡的，埋在土里的缸，

你父亲让我就蹲在上面，我怎么也不肯。
我记得你家的贫穷，但你太明亮
映照着一切。你幼小的弟弟缠着我玩儿。
没人会知道，他将变成这样一个混蛋，
担心你死后，你丈夫再也不会给他钱。

我在你濒死的床头。不是单独的病房。
十几张床。你混在一群等死的老人中间。
几天前，你就被送进这衰老而垂死的
死神的领地。就像被提前送进了殓房。
那时你神智清醒，还有活下去的欲望。
我见你的时候，你还想活，拼命呼吸。
我们都知道，你嫁给了一个有钱的商人，
你的父母为此感到骄傲。此刻你的丈夫
正用哭腔告诉我，你是完美的妻子。

我在你家喝啤酒。那是我第一次喝啤酒。
你父亲给我买来啤酒。你的母亲看着我。
当时你站在哪里？用怎样的目光看着我？
我傻乎乎不懂得揣测这些，只是沉浸在
我在你的家里，在你家喝啤酒的幸福中。
我们都不知道未来。你的丈夫告诉我：
只要一听到，他从外面回家的脚步声
你就会立刻打开门，把鞋递到他的脚下

我在你濒死的床头。你仍在与死神拔河。
呼吸的声音像在嘶喊，如雷声炸在心窝。
最后的十几个小时，漫长得足以耗尽
亲人的耐心。你丈夫时不时和我聊天。
说刚认识你时，你纯洁得像一张白纸。
哦，你至死都纯洁而完美。你丈夫还说：
你舍不得死，因为不放心两个女儿。
他说你是完美的母亲，倾注了全部身心。

2015.09.12

图书在版编目（CIP）数据

花莲之夜 / 沈浩波著. -- 北京 : 中国青年出版社, 2019.3

ISBN 978-7-5153-5523-8

Ⅰ. ①花… Ⅱ. ①沈… Ⅲ. ①诗集－中国－当代 Ⅳ. ①I227

中国版本图书馆CIP数据核字(2019)第043914号

策划出品：磨铁读诗会
责任编辑：彭明榜
监　　制：里　所
特邀编辑：李柳杨　修宏烨
图片摄影：鬼　金
书籍设计：周伟伟

中国青年出版社 出版 发行
社址：北京东四12条21号
邮政编码：100708
编辑部电话：(010)64011190
河北鹏润印刷有限公司印刷　新华书店经销

880mm×1230mm　1/32　18.25印张　364千字
2019年3月北京第1版　2019年3月河北第1次印刷
定价：79.00元

磨 铁 读 诗 会